暗号の子

宮内悠介

文藝春秋

contents

装画　中島花野
装丁　大久保明子

暗号の子

初出誌

「暗号の子」『文學界』2024年10月号
「偽の過去、偽の未来」『Kaguya Planet』2021年9月
「ローパス・フィルター」『新潮』2019年1月号
「明晰夢」『群像』2023年4月号
「すべての記憶を燃やせ」『S‐Fマガジン』2023年6月号
「最後の共有地」『WIRED』日本版2021年9月発売号（VOL.42）
「行かなかった旅の記録」『文學界』2021年12月号
「ペイル・ブルー・ドット」『トランジスタ技術』2024年12月号

暗号の子

Cryptoclidus

人から暗号《クリプト》へ。あるいは、認知のアナログ・デジタル変換。わたしは一個の暗号体となり、架空の回廊と無辺の広場を遊歩する。VRゴーグルと分散型アプリケーションが、わたしを肉体と空間の制約から解き放ってくれる。ここに政府はない。貿易はない。国境はない。規制はない。かわりに、精神のみがある。

視界の右上に、メッセージが配信される。

——レゴラスからエオメルへ。ワールド十四番で待つ。

視線操作でメッセージを画面外に追い出し、それからメニューを浮かびあがらせた。コマンドを打つときは、指先でのジェスチャ操作のほうが速い。移動。ワールド。十四番へ。指の動きは、ゴーグルについているカメラがうまく拾って処理してくれる。

ワンテンポ置いて、ふわりと画面が切り替わった。

海辺だ。少し遠くの四阿で、レゴラスが待っているのが見える。画像の品質は高く、本当にそこにあるような海が、ちらちらと陽光を反射させている。わたしには若干まぶしいので、目を細めながら周囲をうかがった。

潮騒と海鳥の声が聞こえてくる。

トリプルＡタイトルのゲーム画面だと言われても納得してしまいそうだが、これにはからくりがある。実際の海や四阿のデータは、容量や開発コストを削減するため、簡易な、おもちゃのようなものしか用意されていない。それを個々のコンピュータがＡＩ技術で補正し、実物と見紛う画面に作り替えているのだ。だからこの世界においては、誰かと二人で月を見たとしても、双方が見ている月は、端末の性能に応じた別の姿形をしていることになる。

歩くには時間がかかるので、マップを表示させ、指で四阿のあたりをさしてワープした。視線が変な方向を向いてしまったので、ぐるりと補正する。レゴラスはすぐそこにいた。加工された音声とともに、そのアバターが口を開く。挨拶も雑談もない。それがわたしには心地いい。

「今日はこれで遊んでみないか？」

レゴラスが言い終えたところで、空中に四角形のウインドウが現れた。六十行ほどの、Ｃ＋＋言語のプログラムが書かれている。さっと、わたしはそれに目を這わせた。

「深さ優先探索《DFS》アルゴリズム？」

「そう。誰が書いたか知らないけど、今朝、競技プログラミングのサイトから拾ってきたやつ。このままでも動くんだけど、せっかくだからどこまで短く削れるか試してみたって思ってね」

「ショートコーディングか。いいね、面白そう。それじゃ――」

わたしは眼前に仮想キーボードを表示させ、両手でそれを叩いた。

「まずは定番、変数を一文字にするよ。あとは、グローバルになってる配列をループごとに宣言して初期化処理を省く。これだけでだいぶ減ったけど、さすがに可読性が下がってきたね」

「仕事で書いたら怒られるやつだな。でも、これはこれでなんらかの美がある」

「同感」

ゴーグルをしたまま、わたしは口角を持ちあげた。この動きは反映されない。アバターは、二人ともが無表情のままだ。でも、相手もウェブの向こうで微笑んでいるだろうことが伝わる。もう一度、仮想キーボードに手を伸ばした。

「とりあえず、冒頭の再帰関数に手をつけるよ。条件分岐が多すぎるから、論理演算子に置き換えて削りこむ。処理をループ宣言内に移してネストを取り去る。ほかに何かできるかな」

「ローカル変数を削って、関数の引数《ひきすう》を増やすことでそれにかえる。型は省略。あと、二種類のループに分岐してる箇所があるけど、内容を鑑みると分岐しなくても動く。これで十行短縮」

さすがだ。

普段ソリディティ言語で自動契約《スマートコントラクト》を書いているというレゴラスにとっては造作もないことなのかもしれないが、次々と、わたしにない発想が出てくる。

「メイン関数に移ろうか。まず、途中でループを抜ける処理を省く。ただそうするとゼロ除算が発生するから、そこだけケアしておく。それから……」

レゴラスが口ごもったので、わたしも仮想キーボードに手を伸ばした。

「変数aは一時的にしか使われないから、変数Lに二役をさせて削除する」

「うん、いいね。だいぶ短くまとまった」

「最初の三分の一くらいになったかな。こんなところ？」

「いや、最後のとどめ。メインのループ処理を省いて、メインそのものを再帰的に呼び出すようにする」

一瞬息を呑んだその音は、相手に聞こえてしまっただろうか。なかなか使う機会のない、思いつくことも難しいテクニックだ。その後も修正を加え、最終的に二四八バイトのコードが完成した。見た目はほとんど記号の羅列で、第三者には到底何をやっているかわからない代物だ。実用性は一つもない。でも、わたしにはその記号の羅列が美しく感じられてならなかった。

しばし、わたしたちは完成したコードを前に無言のときをすごした。

レゴラスがどういう人物なのかはわからない。

本当の名前はもちろん、年齢も国籍も性自認も知らない。もしかしたら、ＡＩだっていう可能性すらある。でも、別になんであってもかまわないし、知る必要もない。わたしはレゴラスに気を許している。それがすべてだ。

二人で会うときは、だいたいこうやってプログラミングの遊びをしたり、あるいは数学のクイズを出しあったりする。世の人には、奇妙な光景として映るかもしれない。でもこのやりとりは、わたしにとってこれまで経験したことがない、血の通った交流なのだった。学校では数学だけできた。でも友達はいなかった。そのことをふいに思い出し、すぐに記憶から追い払う。

メニュー画面を開いて、完成したプログラムのスナップショットを撮った。

それを待っていたかのように、レゴラスが新しいプログラムを開く。あとは無言だ。交互に、少しずつプログラムの処理を削っていく。やがてほかのメンバーも集まってきたところで、設定しておいたアラームが鳴った。仕事の時間だ。わたしは自分のアバターに手を振らせ、その場を去ることにした。

空調の効いた部屋で、ＶＲゴーグルを外す。

眼前には、コンピュータのディスプレイが五つ。その中央の画面に、「ログアウトしました」との表示がある。表示に重なるようにして、薄く、東洋人女性の顔が映りこんでいる。梨沙《りさ》。それがわたしの本当の名だ。齢は二十二歳。名前の由来は、一九八〇年代に作られたというコンピュータから。でもこの名でわたしを呼ぶ人は、ほぼいないに等しい。

残り四つのディスプレイには、すべて為替やゴールド、暗号通貨といったチャートを表示させている。さっと視線を這わせ、特に不測の事態がないことを確認する。

手首に巻いておいた輪ゴムを反対の手でひき、ぱちりとはじいた。

軽い痛みが、意識をVRから現実へ引き戻す。だいぶ前から身についている癖だ。一度気になって調べてみたところ、コーピングと呼ばれる、心理学にもとづいたストレス対処法でもあるらしい。自傷に近いようにも感じられるが、関連はわからない。実際のところ、この癖が身についたのは、オーバードーズをやめた高校生のころからではある。

デスクに置いておいた、気の抜けた炭酸飲料を口に含む。

飲みものの気の抜け具合で、どれくらいの時間、VRをやっていたかがわかる。そのことがちょっとおかしい。VRからの目覚めは、オーバードーズからの目覚めにも近いかもしれない。ぱちり。もう一度、わたしは輪ゴムをはじく。輪ゴムの巻かれた左手首に、赤い輪が増える。

はじめて自傷癖が出たのは中学のころだ。

その前には小学校でいじめを受け、二度転校している。でも直接のきっかけは、アルコール依存症だった母が事故死したことだ。クラスメイトから睡眠薬を買い、オーバードーズするようになった。いくつか診断名がついた。アスペルガー型の自閉スペクトラム症《ASD》。双極性障害。境界性パーソナリティ障害。医師は私学でのギフテッド教育をすすめたが、それについては父が反対した。

集団になじめることはついになく、結局、高校をドロップアウトしてしまった。以降アルバイト生活に入ったものの、仕事はどれ一つ長つづきしなかった。とにかくわたしは何かが違うらしい。まるでアダムの肋骨ではなく、鎖骨か何かから生まれてきたような。

こうやって話ができるのは、別に過去を乗り越えたり克服したりしたからではない。重要な事柄だと感じないからだ。たとえば、わたしの上履きは人より消えやすい。わたしの情緒は、人より操縦が難しい。エトセトラ。幸い、投資の能力があるとわかったので、いまはそれで生計を立てている。もしこの力がなければ、たぶんもう少しあやうかっただろう。

投資の手法は、金融政策や経済状況といったものを考慮するファンダメンタルズ分析ではなく、チャートのみを注視するテクニカル分析だ。試した結果、そのほうが自分にあっているとわかった。もしかすると、社会への反抗といった隠れた動機はあるかもしれない。それはわからない。自分のことは、他人のことと同じくらいにわからない。

SNSのフォロワーは約二万人。

なんとなく為替や暗号通貨のポジションを公開しているうちに、自然とこの人数にまで増えた。界隈には五万とか十万とかそういうトレーダーもいるので、別段多いほうではない。それはきっと、このパーソナリティのせいだろうと自分では分析している。

それでもときおり、オンラインサロンを作ってほしいといった声は聞く。が、大勢を前に話をするなど冗談ではない。人とのコミュニケーションが苦手だから相場で稼いでいるのに、サロンを作る意味なんかない。あるとすればやりがいとか、社会とのつながりとかだろうか。いずれも秤に載せるには、少し軽い。

＊

わたしにVRのアプリをすすめてきたのは、月に一度話を聞いてもらっているカウンセラーだ。この人については、仮にSさんとしておく。なんでも、同業者の知人を通じてアプリの存在を知り、わたしに向いていると感じたらしかった。

セッションが終わりに近づいたころ、Sさんはこんなふうに切り出してきた。

「アルコール依存症者の匿名会はご存知ですよね」

「アメリカ発祥の自助グループですよね。それが何か？」

「もしそれのＡＳＤ版があったら興味を持ちますか？」

斜向かいのSさんが言うには、ＡＳＤのなかでもわたしのようなタイプは物事に自分で対処しようとして、定型発達者の仮面をかぶって生きることが多い。それによって一定の社会適応はできるが、結局、仮面をかぶることそれ自体のストレスが無視できないということだった。

「ですから、仮面を外して苦しみを共有できるような、そういう自助グループに入ってみるのも手です。何かあってもそこに帰れるという場所があることは大きいですから」

理解できたが、疑問も生じた。率直に、その疑問をぶつけてみる。

「わたしたちが対人関係やグループ形成を円滑に進めるのは難しいのでは？」

「実際、それが原因で失敗した例もあると聞きます。なので、通常はサポートスタッフが入るようですね。でも本来、同じ特性を持つ者同士であれば円滑なコミュニケーションは生まれうるのです。実際、今回ご紹介したいのは、当事者のみで構成されたグループです。そう大層なものではなくて、皆でゲームをやったり、それくらいの距離感で皆が集まるものだそうですよ」

「自助グループには抵抗があります。できる限りは、他者と接することなく一人で生きていきたいので……」

「実際に人と会う必要がなければどうですか」

「オンラインということですか？」

わたしは口元を覆い、表情を隠した。

「……それでしたら、あるいは。ちなみに、あえて匿名会とする理由はなんですか？」

「それがですね」わずかに、気を持たせるような間が置かれた。「つまりこの会は、本当に、匿名の集まりだということらしいのです」

本当に、のところをSさんは強調した。しかしこれは意味が取れない。匿名であることに、嘘や本当があるのだろうか。黙し、相手が先を話すのを待った。

「たとえば、アルコール依存症者の匿名会。あれは匿名を謳ってはいますが、真に匿名なのかといえば疑問があります。名簿を作らず、互いにニックネームで呼んだとしても、参加者は互いに顔が見えている。このウェブ時代にですよ。極端な話、会が終わったあとに尾行すれば、住所も割り出せてしまう。そしてそこには、表札がかかっているかもしれない」

ですから、とSさんはつづけた。

深く傷つきながら生きてきた人も多い以上、こういった安全面の課題は軽視できない。そこで、ウェブを用いた匿名会が考え出されたのだと。

「つまり、ディスコードのようなものですか？」

「あの手のサービスの場合、サーバーがあり、そして中央集権的な企業が個人情報やビッグデータを手にすることになります。つまり、事実上名簿があるも同然ですし、データの漏洩といったリスクもゼロではない。そこで……」

ここからは技術的な話になるからだろう、Sさんが説明に窮し、語尾を濁らせた。先は、わたしがひきつぐことにした。

「だいたい想像はつきました。キーワードは中央集権。特定の企業やサーバーに依存せず、個々人を直接結びつける非中央集権的なネットワークを築けばいいということですね。具体的には、ブロックチェーン技術を用いた分散型自律組織《DAO》を構築する。つまり、ウェブ3ってやつ。でも——」

気がつけば視線を落とし、早口に専門用語を並べ立てていた。悪い癖だ。通常はこのあたりで、相手は顔をしかめている。いったん、言葉を切って様子をうかがった。

さすがにプロというべきか、無表情だ。

「その通りです。ただ、最後に〝でも〟とおっしゃいましたね」

軽く頷きを返した。

会の思想や論理はわかった。が、率直な話、うさんくさいのだ。思想性が強すぎるというか、いわばこれは、テクノロジーによる武装だ。自助会のために、そこまでする必要性があるとは感じられなかった。

「あまり惹かれないです。二〇二五年にもなって、いまさらウェブ3ってのも」

「あなたはトレンドを追いたくてここにいるのではない。楽になりたいのでしょう?」

これには虚を衝かれた。

無意識に、わたしは輪ゴムを引く。ぱちり。なるほど、一理ある。こういうとき、わたしはとりあえず相手の言うことを聞いてみる傾向がある。会の名前を訊いてみた。シンプルに、ASD匿名会《アノニマス》と呼ばれているらしい。また、必須ではないが高性能のVRゴーグルがあるといいとわかったので、帰り道、チェーンの家電量販店で適当に一つ買った。

そのときはまだ、特に期待してはいなかった。帰宅してコーヒーを飲んで、新品のゴーグルの箱があるのを見て、そういえばそうだったと思い出したくらいだ。教えてもらったアプリをダウンロードして、ゴーグルをつけて新規にログインした。

ログインには暗号通貨のウォレットを用いる。

自助会一つのために、誰があえてこんな手つづきを踏むのだろうかと訝しんだ。会に入るというただそれだけのために、一定のウェブリテラシーや金融リテラシーが求められる。まるで人を集めるというより、拒んでいるようだ。いや、違う。現に拒んでいるのだろう。そしてそれによって、近い特性の人間が集まるようにしているということだ。

使用するニックネームを問われたので、とりあえず「L」としておく。

アバターの制作画面が出たところで、ため息が漏れた。

この手のサービスでは、いつもここで立ち止まらされる。自分のアバターは、自分のルッキズムの信仰告白だ。できるならそんなもの使いたくはない。いっそ、棒人間で充分だとも思う。でもそれをコミュニティは許してくれない。だから結局、時間をかけて無難なアバターを作ることになる。かったるく、無駄な作業をさせられている気になる。

その無駄な作業をしながら、別ウインドウを開いてサービスの詳細を調べた。

ゼロ知識証明技術を使用して、個々のプライバシーは守られる。通信はすべて暗号化され、交わされるチャットや会話は即時破棄される。ほかにもいろいろと書かれているが、とにかく匿名性の一点に注力していることがわかる。

ほか、管理者や責任主体はなし。法人格もなし。つまりは、誰とも知らない誰かが作った仕組みが自律的に勝手に動く、ただそれだけというわけだ。この世界と同じように。

アバターの制作を終え、実際に仮想世界に入ってみることにした。

なんとなくの先入観から、派手な色彩をイメージしていた。が、だいぶ趣が違う。森に囲まれた空間の頭上に、月が浮かんでいる。焚き火が一つあり、虫の声とともに、ときおりぱちりと薪が爆ぜる小さな音がする。

バリアフリーだ。音や光に過敏なことが多いわたしたちに配慮して、入口を静かにしているのだろう。逆に言うなら、当初イメージしていたようなヴィヴィッドな色あいのメタバースは、見ようによっては、わたしのような人間を排除するよう設計されているということだ。

操作に慣れなくてうまく動けない。このとき、背後から加工された音声が聞こえた。

「おや、新しいお客さんだね。どうぞいらっしゃい」

それがつまり、レゴラスとの出会いだった。

人称代名詞がわからないが、アバターが男性の姿をしているので、とりあえず彼と呼ぶことにする。最初に出会ったのが彼であったのは幸いだった。というのも、彼はこのコミュニティの中心人物らしく、彼を通じ、さまざまな他のメンバーを紹介してもらえたからだ。

大勢が『指輪物語』の作中人物名を名乗っているのがわかったので、わたしも自分のニックネームを「L」から「エオメル」へと変えた。メンバーは全部で五十人ほど。そのうち、こうしてニックネームをつけるなどして、アクティブに活動しているのが二十人程度。

何をするかは自由だ。適当にワールドをうろついてもいいし、皆の輪に加わってもいい。話題はそのときどきで異なる。誰かが考えてきたクイズやパズルを、全員で解いたりすることが多いだろうか。特定の政治思想など、テーマを絞って討論するときもある。

ゴーグル越しに皆と話すのは楽しかった。

余計な雑談や社交辞令はいっさいなく、まずその点が肌にあった。そして、共通点がある。ほとんど全員が、社会からはじき出されたと感じていることだ。それもあって、これまで世間に対して感じてきた居心地の悪さがここでは皆無だった。

「ここに政府はない」

と、これがレゴラスの口癖のようだった。

「貿易はない。国境はない。規制はない。ぼくたちは完全に自由だ。まあ、適当にくつろいでくれよ」

わたしは最初にこれを言われたし、その後も幾度か彼がそう言うのを耳にした。

このせいもあってか、グループは完全自由主義者の地下組織のような、そんな熱気を帯びてもいた。銃規制の撤廃を求める者がいたかと思えば、「経済格差は悪いものではない」などと誰かが発言して大勢が頷く。それはもしかしたら、現実世界で傷つきながら生きてきたからかもしれない。しかし、伝統や福祉を否定する強者の論理にひたることは心地よかった。皆との話は、投資によって生計を立てているわたしの自負心をくすぐってもくれた。

ただ、それだけであればグループを抜けていたかもしれない。とどまったのは、レゴラスがいたからだ。彼はたびたび社会実験的な課題を持ちこんでくると、グループのディスカッションにかけるのだった。たとえば、こんな調子だ。

「投票にあたって、有権者一人に百クレジットを配付するとしよう。クレジットは複数の候補に分散して投票できる。ただし、投じたクレジットの平方根が票数となる」

「クアドラティック投票か」と別の誰かが応じる。「少数派の意見が反映されやすくなるやつだな」

露悪的な誰かが言う。「その少数派は、仕組みをちゃんと理解して活用できるのか？」

これを受け、たかをくくったような嘲笑が広がる。でも、レゴラスだけは笑わずに次の意見が出るのを待つ。彼のそういうところは好感が持てた。徹夜で、真面目なディスカッションをしたこともあった。皆の関心はやはり、どうすれば自由を最大化できるかだった。そのうちに、実際にこの空間でさまざまな社会制度のシミュレーションをできないかという話になった。つまり、ＡＳＤ匿名会《アノニマス》そのものの拡張だ。

管理者や責任主体のない分散型の自律組織なので、決めごとにはガバナンストークンというものを使って投票を行う。これは株式のようなもので、発行上限の定められたトークンを有志が買い、それを通じて集団の意思決定をする仕組みだ。たくさんトークンを買えばそれだけ影響力は増すし、コミュニティに参加したいだけならまったく買わなくてもいい。

投票の結果、まず拡張機能を提供するためのソフトウェア《S》開発《D》キット《K》が作られた。数学やプログラミングが得意なメンバーが多かったこともあり、たちまちにカジノや取引所といったサービスが追加された。おそらくは違法だろうが、会には代表者もおらず法人格もなければ、特定の住所もない。誰がそのサービスを作ったかもわからないので、これらを取り締まることは難しい。

もっとも、カジノや取引所の類いは、あえて作らずともすでにそこらじゅうにある。惹かれたのはやはり、本来の目的、社会実験のために拡張追加されたいくつものワールドだった。たとえば暗号通貨の自動契約を介し、異なる集団の利害の一致がはかられる世界。あるいは、すべてがオークションで買われることで結果的に平等が生まれると仮定された世界。消費行動の傾向が投票行動に結びつくアルゴリズム型民主主義制度。

誰が作ったか確かなことは言えないが、おそらくはレゴラスの手によるものだろうと思われた。そうしたワールドを覗くと、未来に伸ばした手が刹那何かに触れる感覚があった。ときおり、無意識にレゴラスという人物を想像した。けれどそれは決まって逆光に溶けたようなイメージとなり、像を結ぶことはなかった。

結束が強まるにつれ、ＡＳＤ匿名会《アノニマス》という名前をもっと刺激的なものにしようと誰かが言い出した。いくつか案が出て、わたしは「クリプトクリドゥス」を提案した。過去に絶滅した首長竜の名前に、暗号《クリプト》をひっかけたものだ。投票の結果、ＡＳＤ匿名会《アノニマス》は正式にクリプトクリドゥスと名を変えた。

＊

膝の悪い父のかわりに水桶と柄杓を手に取り、しゃがんで水を溜めた。鼻が地面に近づいたせいか、雨あがりの匂いが強くなるのを感じる。見あげると、ところどころ雲がちぎれ、午後の陽光が射しこんでいた。でも、もっと降っていてくれてもよかった。人よりも耳が過敏なわたしは、騒音や話し声を覆い隠してくれる雨の日が好きなのだ。

桶を手に立ちあがり、わたしは益体もない疑問を口にした。

「さっき雨が降ったんだから、お墓を洗う必要ってなくない？」

「雨水に含まれるミネラル成分が雨汚れになる」父が大真面目な口調で返してきた。「それに、墓を洗うといった習慣は馬鹿にできない。多くは感謝や供養のためだろうが、そうすると墓を洗うという行為自体が、逆向きに、感謝や供養の気持ちを生み出すことだって考えられる」

右手に水桶をぶらさげたまま、わたしは両肩をすくめた。

父の言うことはどうも複雑で、論理的なのか非論理的なのかもよくわからない。ＩＴ系の技術職らしいが、これで務まるのだろうか。本音を言ってしまうなら、わたしは墓や墓参り自体いらないと考えている。故人をしのぶ気持ちがあればそれでいいし、別にそういう気持ちがなくたってそれはその人の自由だろう。それでも墓を訪れるのは、むしろ父と顔をあわせるためだ。

父と会うのは、年に一度、母の命日のみ。

折りあいはけっしてよくない。はじまりは母の死だ。アルコール依存症だった母が、あるとき酔ったまま歩道橋から転落死した。以来、わたしはオーバードーズをくりかえして父を困らせ、父は父で、なんとかわたしにそれをやめさせようとしたのだが、そのことごとくが逆効果で、父の介入はわたしの自傷行為を加速させるばかりだった。

怒声を交わすことが増えた。より相手を傷つけたほうが勝ちというゲームをわたしははじめ、そしてゲームに勝つごとに余計に病んでいった。投資でまとまった資金を得てわたしが家を出られたのは、互いにとって幸いであったはずだ。

とはいえこういうことは、単純に距離を取れば関係が改善するというものでもないらしい。わたしたちはしばしば母の墓前で無益な口論をした。そんな自分は嫌だったし、おそらくは父もそうであったことだろう。いまも、なるべくなら父と会いたくはない。

でも、まったく関係を断ち切ってしまうのも違うように感じられた。小さいころ、家族三人で海へ行ったことがある。海を怖がったわたしにつきあって、母はずっとパラソルの下にとどまってくれた。ほとんど記憶にないけれど、幸福なときもあったはずなのだ。それをひっくるめて、なかったことにしたくはなかった。

背後に父の気配を感じながら、母の墓碑に向けて境内墓地を歩く。

住職の趣味なのか、南国を思わせる植物が多い。わたしは空いた左手で木肌に触れ、しばし、その感触を楽しんだ。輪ゴムを巻いたままの左手に、父が視線を向けるのがわかった。

「最近、身体の具合はどうだ。なかなか会うことがないから心配でな……」

反射的に、神経がぴりっと拒絶を示した。

客観的に考えるなら、普通の会話、普通の表現のはずだ。普通、とわたしは自分に言い聞かせる。けれど、心は波立った。信頼されていれば、心配という語彙は出てこないだろうからだ。父に心配をさせる原因を作ったのは自分なのに、そのことはわかっているのに、わたしはほとんど機械的に、父の言葉を遮断してしまう。それが心に届く前に。

「やめてよね、ちゃんと普通にやってるよ」

とりあえず、無難に答えておく。

誰とも会わず、常に空調を効かせた部屋でチャートを凝視しているのを普通と呼べるかどうかは知らない。誰とも会わないのは、他者と関係することそれ自体が自分自身をおかしくさせるからだ。しかもそれにとどまらず、わたしは他者をもおかしくさせるらしいのだ。

高校のときには、年上の既婚男性を一人壊した。これ以上穏当な語彙は見つからない。その男は家庭をかえりみずわたしにのめりこみ、わたしの心が離れたとわかると今度はストーカーに変わったからだ。ほかにも、似たケースがいくつか。以来、完全に一人で生きる方法を模索した。相場を一所懸命に勉強したのは、そのためだ。

ただ一つの例外が、クリプトクリドゥスだ。あそこには、確かな心の交流があると感じられる。レゴラスたちの前では、自分が自分のままでいられる。しかし、あのような例外的な場でしか発揮されない自分らしさとはなんなのだろうか。——いや、やめよう。

ツツジが茂るその向こうに、母の墓がある。

振り向くと、父は歩くのがつらいようで、額に汗を流していた。が、わたしを見て無理に口角を持ちあげる。わたしは柄杓を手に、墓に水を浴びせた。しばし、墓石がチョコレートファウンテンみたいに輝きを放つ。水桶と柄杓を父に渡した。父が墓を洗うあいだ、わたしは持参した線香に火をつけた。二人、無言で手をあわせる。

両手を下ろし、横目に父を見るとまだ手をあわせ何事かぼそぼそとつぶやいていた。わたしは線香の刺激臭を避け、数歩あとずさりして待った。父が顔をあげ、きょろきょろと見回した。わたしが背後にいるのを見つけ、「帰ったかと思った」などと言う。

「帰るわけないでしょ」

「母さんとどんな話をした？」

「友達ができたって報告した」

口にしてから、しまったと思う。父は喜んでどういう友達か訊いてくるだろう。でも保守的な父はきっと、クリプトクリドゥスのような実体の曖昧な集団を好まない。本当のところは、相場もよからぬものだと思っている。それは、嫌というほど伝わってくる。

「仮想現実のコミュニティがあって……」

小声で、わたしはそれがどういうものか説明を試みる。ブロックチェーンに暗号通貨、ウェブ3に分散型自律組織と、背景となる技術がややこしすぎるので適当に端折ったが、意外なことに、父はこの話に食いついて詳細を知りたがった。それで、説明をしながら歩くことになった。水桶と柄杓を寺に返し、帰り道の途中、毎年行っている寿司屋に入った。

ほかに客はおらず、店のテレビが目白駅で起きたという無差別殺傷事件を報じていた。父はどこか感じ入るようにクリプトクリドゥスの話を聞いてくれて、わたしはそのことを不思議に思いつつも、つい嬉しくなって話しすぎてしまった。やがてレゴラスを中心とした完全自由主義グループの話になったとき、父が途端に嫌悪感を示した。

「感心できないな。そのグループが行き着く先は、社会との結びつきを失った、個の利益ばかりが追求される世界だろう。だからそれは、公共の利益や共通善といったものを弱らせる」

喉元のあたりで、何かが詰まる感触があった。父がつづけた。

「古都の石畳を想像してほしい。個々の石同士が支えあって、全体として道を形作る。それがつまり、共同体だ。道がなければ、道を歩いてどこかへ行くこともできない。自由とはそういう道の上にある。共同体というプラットフォームを失うと、自由はもはや維持できない」

「そうかな」

「道の街灯にたとえてもいい。街灯は不恰好な金物かもしれない。その傍らに、自由に生い茂る木々があるとしよう。両者をくらべてみれば、確かに木々のほうが豊かに見えるときはある。が、街灯の明かりなしに木々を見ることはできない。木々が街灯を照らすということもない。暗闇のなかでは、議論をすることだってできない」

わたしは軽くため息をつき、椅子の背に体重をかけた。ぎ、と木のきしむ音がする。店の大将がテレビのチャンネルを変える。少し考えてから、わたしは反論を試みた。

「……街灯が消えたとき、空には輝く星々が現れる。星は一つひとつ独立していても、総体として美しい星空を描き出す。石畳ほどには密じゃないけれど、個々の星は全体の一部として機能する。その下で、石畳はぎゅう詰めにされて、踏まれ、すり減りつづける。でもそんなことより、わたしの大事な友人を悪く言っていることを自覚して」

怒気をはらんだわたしの声にやや気圧されながらも、父は食いさがった。

「名前も年齢も、性別すらもわからない友人とやらをか」

「そういうところ」

わたしは父に人差し指を向けた。

「お父さんのそういうところが、お母さんをカサンドラ症候群に追いこんで殺した」

カサンドラ症候群とは、ＡＳＤ患者のパートナーや家族が、うまく相手とコミュニケーションを取れずに心身の不調をきたす、そういう状態のことだ。口にしてから、しまったとは思った。けれどもう、なかったことにはできない。

父は何か言いたげに喉仏を動かしたが、結局は黙した。タイミング悪く、そんなときに寿司下駄が運ばれてくる。しばらく二人とも箸をつけることができなかった。

こんな父とわたしの共通点は以下の通り。

言葉を文字通りに受け取ることが多い。他者の気持ちがわからないことがある。イエスかノーで答えられない質問が苦手。耳で聞くより、目で見る情報のほうが理解しやすい。肌触りのいい布地が好き。ヴィヴィッドな色彩やまぶしい光が苦手。それから、大きな音が苦手。

＊

夕方、荻窪のマンションに帰宅した。前の住人が音楽好きだったらしく、一部屋が防音室に改造されていたのを気に入って買った中古物件だ。間取りは2Kで、防音の部屋は寝室にあてた。眠るときはさらに耳栓をして、お気に入りのガーゼのカバーをかけた毛布を抱える。

もう一つの部屋が仕事場だ。

もっと広い家でもよかったけれど、誰かと一緒に住むことになるような、そういう可能性をあらかじめ排除しておきたかった。どれだけ気をつけたところで、生きている以上は何が起きるかわからない。だから、間取りのほうを最小構成にした。実際、入居してから一度も人を呼んだことはない。来るのは、ヤマト便とウーバーイーツくらいだ。

仕事部屋に入る。

二台あるコンピュータは、基本的につけっぱなしだ。一台がデスクトップで、これに四台のディスプレイをつないで為替や暗号通貨のチャートを監視している。もう一台ノートパソコンがあり、注文にはこれを使う。クリプトクリドゥスをやるのも、このノートパソコンだ。

孤独を感じないと言ったら嘘になる。そもそも、わたしは人より孤独を感じやすいようにできている。けれどそれも、他者がいればこそだ。だから、生活からいっさいの他者を消し去ることにした。例外が、年に一回の父との会合。あとは、カウンセラーのSさんあたりか。マンションの管理組合は、面倒なのでほとんど顔を出していない。

三角持ちあいと呼ばれる形になっている暗号通貨のチャートの前で、腕を組む。

子供のころ、暗号通貨には信用がないと新聞が書きつらねていたけれど、あれは半分本当で半分が嘘だ。実際は、あらゆる通貨や資産が幻想であり呪術のようなものだからだ。チャートという窓を通して世界を見てみると、そのことがよくわかってくる。わたしたちは仮象を取引しているにすぎない。だから逆説的なようだが、金銭に執着はない。

そういえば一度、父に問われたことがある。もしわたしの能力が衰え、相場を読むことができなくなったならどうするのかと。最終学歴は中卒だし、働こうにも、集団のなかで生きていくことが難しい。怖くはないのか、と父は重ねて訊いた。わたしは怖くないと答えた。そのときは、死ぬだけだ。死ぬときが来たならば、ただ死ぬだけだと。それを聞いた父は深くため息をついて、「そうか」とだけ答えた。

椅子に座ると、いつもは気にならないコンピュータのファンの音が、若干刺々しく感じる。少し疲れているのかもしれない。左手首の輪ゴムをはじいた。ぱちり。好きなヒップホップの曲でも聴いてみるか、あるいはクリプトクリドゥスの様子でも覗くか。

後者を選んでログインした。人が集まっているワールドを探そうとしたところで、メッセージの通知が来た。一時間くらい前に送られていたもののようだ。メッセージはプッシュ通知させることもできるが、それでは仕事にならないので、その機能は切ってある。文面はこう。

――レゴラスからエオメルへ。まずいことになった。

皆が集まっている十二番ワールドに入った。

十二番はバーを模した空間だ。広いテラスや大きなローテーブルがあるので、話しあいをするのに向いている。気分が乗ればディスカッションに参加してもいいし、遠巻きに皆を眺めてもいい。ここも気に入っている場所だ。ただ、この日の様子は普段と違った。八人のメンバーが集まり、深刻そうにぼそぼそと話しあっている。レゴラスもいた。何事かと案じつつ、輪に加わった。

皆の話は、寿司屋のテレビも報じていた目白駅前の無差別殺傷事件のことだった。

事件が起きたのは、本日昼の十二時十七分。

目白駅改札付近の横断歩道で、渡っていた歩行者らをレンタカーのワゴン車がはねた。車はそのまま直進して別の横断歩道で歩行者を轢き、強引にUターンすると、負傷した歩行者たちを助けようと人が集まっていた最初の横断歩道にふたたび突っこんだ。その後は駅改札方面に狙いを定めたのか、歩道に乗りあげようとして電柱に衝突。エアバッグが開いて身動きが取れなくなった被疑者を、駅前交番勤務の警察官が現行犯逮捕した。

この一連の事件で三名が死亡し、十六名が重軽傷を負った。大規模な無差別殺傷事件とあり、SNSはこの話題で持ちきりになっているそうだ。逮捕されたのは無職の二十七歳男性で、報道によると、名前は小中圭輔《こなかけいすけ》。

ここまでは、ある意味ではよくある事件だ。

問題は、その彼がクリプトクリドゥスのメンバーであるらしいことだった。

疑われているのは、ボロミアと名乗っていたメンバーだ。ときおり皆のディスカッションに参加していたので、記憶には残っている。ただ、頑張って話に加わろうと背伸びしていた印象で、ほかの面々、とりわけレゴラスなどとくらべると魅力は感じられなかった。わたし以外の大勢も、おおむねボロミアを下に見ていたはずだ。

が、そんな彼に同情して親しくしていたメンバーもいたようで、その彼らの証言によると、ボロミアはたびたび無差別殺傷を起こしたいと口に出していたそうなのだ。

「それだけ？　わたしも、できるなら昔通っていた高校を爆破してやりたいけど」

これには、ギムリを名乗るアバターが応じた。

「話が具体的だったのさ。まず、レンタカーでワゴン車を借りる。そして、目白の駅前で無差別に人をはねる。ここまで一致した以上、偶然とは考えにくい」

「どうして目白で？」

「知らんよ。おおかた、個人的な恨みでもあったんだろう」

ため息をついて、頭のなかで要点を整理した。

おそらくは、ローンウルフ型の犯罪だ。が、警察はそうとは決めつけず、組織犯罪といった線も一応は追うかもしれない。そうすると、ボロミアの使っていたコンピュータからクリプトクリドゥスにログインした痕跡が出る可能性が高い。

が、クリプトクリドゥスには管理者も責任主体もない。通信は暗号化され、高度な匿名性が担保されている。わたし自身、皆の素性はほとんど何一つ知らないのだ。

警察は、わたしたちにまでたどり着くだろうか？

ないとは言い切れない。たとえば、クリプトクリドゥスが利用しているブロックチェーンには透明性がある。特定の時間帯に特定の取引を行うアドレスなどがあれば、生活パターンといった条件を割り出すことができるかもしれない。あるいは、ブロックチェーンのアドレス群を実世界の個人に結びつける「名寄せ」という線もある。

ウェブ3をどのような手段で取り締まるかは、課題も多く、はっきりとした手法は確立されていなかったはずだ。ただ、無差別殺傷事件がからむとあれば、捜査機関も本気になるだろう。しかし、わたしたちまで浮き足立つ必要があるかどうか。

わたし自身はもちろん、おそらく他のメンバーも事件に関与してはいない。であれば。

「別に問題ないいんじゃないかな。たまたま、クリプトクリドゥスにそのような事件を起こす個体がいた。でもそれは、どのようなコミュニティであっても起こりうること。うしろ暗いことがない以上、わたしたちは普通に生活していればいいんじゃない？」

「あのな」

これにはギムリが応じた。アバターは無表情だが、抑えた怒りが感じられた。

「人が死んでいる。そのことはわかっているのか？」

いるよね、そういうことを言いたがる人――。

それがわたしの第一感だった。もちろん声には出さない。かわりに、アバターを一歩さがらせた。喧嘩はしたくない。居場所らしい居場所は、ここしかないのだから。人が死んだくらいで、それを手放したくなんかない。人が死ぬ死なないということよりも、この居場所がありつづけるかどうかのほうが、わたしにとってさしせまった問題だった。いや、わかっている。わたしだって知りたいくらいだ。いったいどこで間違えて、こんな人間になってしまったのだろう？

＊

二人組の男がわたしのマンションを訪れたのは、その四日後のことだった。

うち一人は、素性がわかっている。目白の無差別殺傷事件を調べているという刑事だ。彼からはあらかじめ連絡があり、事件関係者としての事情聴取を求められた。取調室と自宅のどちらがよいかと訊かれたので、自宅と答えた。それで今日、やってきたというわけだ。

見せてもらった警察手帳には、太田《おおた》孝一《こういち》とあった。

階級は警部。所属を訊くと、警視庁の交通部交通捜査課だと答えが返った。

「忙しいところすまんね。ちょっと、話を聞きたいだけだ」

「警部さんというのは管理職で、こういうお仕事はしないと聞いたことがありますが」

「今日来たのは俺の興味だ」

何やら手強そうな回答だ。無意識に、左手の輪ゴムを引いてはじいていた。もう一人の男に手帳を見せてもらおうとしたところ、「いえ、わたしはこういう者で」と名刺を差し出された。経済産業省のウェブ3促進室、久部登喜夫《くべときお》とある。

どうして、まったく違う組織の二人が突然やってくるのか。

警視庁と経産省はサイバー犯罪などをめぐって連携していると聞くが、だからといって、事情聴取に経産省の人間が加わるようなことはあるのだろうか。あるとしても、だいぶレアケースなのではないか。

疑問を抱きつつ、休憩用のソファとローテーブルがある仕事部屋に二人を通した。ソファについてもらい、用意しておいたコーヒーを出す。刑事の太田は遠慮し、てっきり久部もそうするのかと思ったら、「いただきます」と彼は迷わず口をつけた。

わたしは起動したままのノートパソコンで、ボイスレコーダーのアプリを立ちあげた。

「お話、録音してもいいですか」

二人が頷くのを受け、録音ボタンを押す。太田が咳払いをした。

「話の内容は、あとで書面にするから、署名捺印してもらえると助かる。弁護士に相談してもいいが、別にそういうつもりはなさそうだな」

「内容次第ですね。それより、なぜ経産省のかたがここに?」

「アドバイザーとして来てもらった。ブロックチェーンだなんだとややこしい話になったときに、それがどういうことなのか見解を訊ねるつもりだ。こいつがここにいていい理由は……そうだな、刑事訴訟法を持ち出してもいいが、たぶん話の途中でだるくなってくるぞ」

　刑事訴訟法云々は少し怪しく感じたが、久部がいようがいまいが問題はないだろう。

「わかりました。本題に入って大丈夫です」

「助かる。まず、俺たちは目白で無差別殺傷を起こした被疑者について調べている。単独犯の可能性が高いと思うが、誰かが教唆した可能性なども無視できない。組織的なテロといった可能性だって、完全に否定されたわけではない。それでだ。被疑者のコンピュータから、クリプトクリドゥスというVRアプリへのログイン記録が見つかった」

「それでなぜ、わたしのところへ？」

「そのクリプトクリドゥスがらみだ。アプリ内での投票に用いられる、ガバナンストークンってのがあるだろう。そいつのブロックチェーンを解析することで、あんたにたどり着いた。それで、話を聞かせてもらうことにしたわけだ。特に、あんたはそのトークンを多く持ってるようだから、クリプトクリドゥスにも比較的深くコミットしているだろうと思ってね」

「ああ……」

　生返事をしながら、太田の言を脳内で反芻した。

トークンの解析云々は、はったりかもしれない。問題のトークンは、ミキシングという技術を用いて、経路をたどることがきわめて困難になるよう作られているからだ。ほかにも、クリプトクリドゥスにはこうした匿名化のための技術が要所要所で用いられている。この部屋まで来るのは、そう容易なことではないはずなのだ。

むしろありそうなのは、別の情報源だ。たとえば、ボロミアとわたしが同じSさんのカウンセリングを受けており、Sさんを介して彼らがここに来た可能性。Sさんには守秘義務があるが、犯罪がかかわるとなると話は別になるだろう。

いや、情報の経路はどうでもいい。とにもかくにも、彼らはここにたどり着いたのだ。

「……クリプトクリドゥスでしたら、ときおりオフの時間にログインしています。ただ、どこにでもあるウェブ3のメタバースですよ。特に目新しいものは何もない。わたしは事件に関与していませんし、有益な情報を提供できるとは思えないのですが」

視界の隅で、太田が目をすがめるのがわかる。

「クリプトクリドゥスとやらを、いまここで見せてもらうことはできるか？」

「匿名の自助会です。背後に刑事さんを引きつれてログインしてしまうのは、他のメンバーからそれが見えない以上、皆への裏切りになると思います。そしてメンバーのなかには、障害に苦しんでいるかたも多くいます。すみませんが、ご理解いただけますか」

「では、あんた以外のメンバーについて、知っていることを教えてくれるか？」

「くりかえしになってしまうのですが、クリプトクリドゥスは匿名の自助会です。メンバーが相互にプライバシーを守るからこそ、皆、安心してその場にいることができる。わたし自身、彼らについてはニックネームくらいしか知りません」

ほとんど何も答えられない。

わたし自身困ってしまい、軽く頭を掻いた。相手も面子があるだろうし、このゼロ回答はたぶんよくない。でも、会の理念は理念だ。この点について、わたしは原理主義者なのかもしれない。暗号《クリプト》原理主義、とでも言うべきか。

「できる限りご協力はしたいのですが、会の性質がデリケートなものですので。もしかしたら皆さんには、怪しい匿名の地下グループのように見えているかもしれません。でも実情として、クリプトクリドゥスは傷を抱えた人たちの寄りあいでしかないのです」

「そうすると、被疑者に関する話を聞くことも難しそうだな」

「被疑者がクリプトクリドゥスにログインしていたというなら、確かに、その人物がわたしたちと接触している可能性はあります。だとしても、それだけです。匿名掲示板で通り魔の予告がなされ、実際にその通りの事件が起きた、そういった昔ながらの犯罪と本質的な差はありません」

「ふむ……」

「また、確かにわたしは意思決定用のガバナンストークンを多く所持しています。ですが、クリプトクリドゥスは管理者も責任主体もなく、自律的なアルゴリズムによって動いています。誰かがそれを代表するわけではないのです。いえ、お二人ともそういうことはご承知で、だからこそ、困って話を聞きにいらしたのだと思いますが……」

これを聞いて、太田の横で話を聞いていた久部がこらえきれないように笑った。

「いえ、失礼。聡いお嬢さんのようですので、少し腹を割ってお話ししましょうか。わたしどもの促進室は事件よりももっと早く、クリプトクリドゥスの前身、ＡＳＤ匿名会《アノニマス》時代からそれに注目し、動向を追跡しておりました」

突然、思わぬことを話しはじめる。

視線を久部に移すが、表情はなく、何を考えているかはわからない。どうやらただのアドバイザーというわけでもなさそうだ。やや、警戒心が高まってきた。

「あんな小さな自助会に注目を？　なぜ？」

「可能性を感じたからですよ。それで、わたしどもも情報を集めていた次第でして。シェロブというアカウントはご存知ですか。あれはわたしの部下です。と、これからわたしがするお話なのですが、必ずしもあなたに損なものではありません。いえ、むしろよい話であると――」

「待て」

前のめりに話を進めようとする久部を、太田が苛立たしげに遮った。

「その前に、あんたが事件に関与してないと言える根拠があれば聞いておきたい」

あるはずがない。

悪魔の証明という言葉が浮かんだが、「それは悪魔の証明です」と答えるような間抜けにはなりたくない。わたしは首を横に振り、「さあ」と答えた。

「本当に、関与していないとしか。それに、わたしが関与したという証拠もどこにもないのです。クリプトクリドゥスの通信は秘匿化されているし、メッセージ類は保存されずに消えてしまう。通信は分散化されているので、情報開示に応じる責任主体といったものもない」

この言葉を待っていたかのように、太田が軽く身を乗り出した。

「そこなんだよな。確かに、あんたは関与してないかもしれない。だがそれを証明するのに、どれだけの手間と時間がかかると思う？　優秀なあんたは、ウェブにほとんど何も足跡を残さなかった。しかしそうだからこそ、みずからの潔白を証明できずにいる。違うかな？」

一瞬怯んだが、別に、わたしが自分の潔白を証明する必要はない。

立証責任があるのは相手のほうなのだ。その点を指摘したくもなったが、やめた。向こうは、そんなことは承知の上で脅しをかけているだろうからだ。

「それでですね」と今度は久部が割って入ってきた。「ここ数年、我が国がウェブ3を積極的に推し進めていることはご存知ですか」
「……経産省のホワイトペーパーなら見ましたよ。ＧＡＦＡにいいようにやられたから
ウェブ3でやり返したいっていう本音を隠して、ふわりとした明るい未来像を示した眠
たいやつ」
「話が早くて助かります。さて、わたしどもはあなたがクリプトクリドゥスに積極的に
コミットしていることをすでに把握しています。そこで取引と行きたいのですが――」
男たちが目配せしあう。
「現在のクリプトクリドゥスのありようは、基本的には自由主義者のグループだと見て
います。懸念は、それがアナキズムに接近しつつある点です。現実に、無差別殺傷事件
の被疑者も出してしまった。ですから、あなたにクリプトクリドゥスを変えていただき
たいのです」
「具体的には？」
「反体制的な側面を抑え、より透明化された未来の組織を形作っていただきたい。また、
管理者も責任主体もない分散型自律組織ではなく、去年から法的にも認められている、
合同会社型の分散型自律組織としていただきたい」
合同会社型の分散型自律組織とは、会社法の合同会社の枠組みで分散型の自律組織を
やろうというものだ。こうすることで法人格が付与され、また、会社法上の責任を負う

社員が発生する。つまりは、クリプトクリドゥスに信頼性を持たせろということだ。

そうすれば――、と久部が早口気味につづけた。

「クリプトクリドゥスは健全なウェブ3の一つのモデルケースになりえます。この形であれば、わたしどもとしましても、クリプトクリドゥスへの支援を惜しみません。なんといっても、このようなケースはまだ少ないのが実情ですから」

少し時間をもらい、考えてみた。

悪いことばかりではない。公的なお墨つきは、場合によってはわたしたちを守ってくれもするからだ。けれど管理者も責任主体も法人格もない、ただ仕組みだけがある世界は、失われることになる。中央集権的な法人が生まれ、匿名性は低下する。何よりも、わたしたちが追い求めている自由が制限される。

「なぜクリプトクリドゥスを特別扱いするのです?」

「申し上げましたよ。このようなケースは、まだ少ないのが実情だと」

確かに、ウェブ3が成功しているという印象はあまりない。

架空の靴を買って歩けば歩いただけ暗号通貨が手に入るとか、そういうゲームが話題になったくらいだろうか。なぜか。別にウェブが分散型だろうが中央集権的だろうが、ほとんどの人は気にしないからだ。匿名性だなんだとやたらとこだわるのは、完全自由主義者やアナキストくらいのものなのだ。

「……ウェブ3はいわばただの思想ですからね」

「そういう声もあります。ですが、自助グループは有望なユースケースだと見ます」

「断ると言ったらどうなりますか」

「こじれる」と、これには太田が答えた。「あんたはそうではないと言ったが、悪いが俺の目には、あんたたちの会は怪しい地下グループそのものだよ。だからもっと調べる。その場合、あんたも参考人のままではいられなくなる」

被疑者として勾留し、聴取をするということか。

おそらく、太田は最初からそうしたいのだろう。ところがそこに久部の思惑がからみ、二者択一の状況が生まれてきたわけだ。しかしそのどちらを選んでも、なんらかの形で自由が損なわれる。なんだか、嫌なダブルバインドに取りこまれてしまった。

賢明なのはきっと、久部の提案を呑むことだ。が、これはこれで実現性が低い。

「どうした。あんたは〝持ち帰って検討します〟ってタイプじゃないだろう？」

「いえ、持ち帰って検討する。わかっているでしょう。わたしたちに代表者はいない。あくまで、ガバナンストークンを使った民主的な意思決定が原則になる。ですから、今日ここで聞いた話を元に、組織の方向性をどうするか投票にかけて決めることになります。お話はこれだけですか？」

「これだけだ」

太田が立ちあがりかけ、それから冷めたコーヒーをあおった。先に久部が立ちあがり、抑揚のない声で「期待していますよ」とこちらに語りかけてきた。太田も腰を持ちあげ、それから「失礼」とつぶやいてどこかへ電話をかけた。

「おう、カツラギか。いまから戻るからな……」

部下だろうか。電話だから、どういう字を書くかはわからない。どういう字であってもいい。まもなく二人ともが消えた。残った空気の淀み、わずかな他人の体臭を嫌い、窓を開ける。

顔を突き出し、深呼吸をした。七階なので、地上の喧噪からは離れている。

この話をクリプトクリドゥスの皆にすることを考えると、気が重い。やろうと思えば、わたしの望む方向へ皆を丸めこむことはできるかもしれない。でも、あの場でそういうことはやりたくない。クリプトクリドゥスはあくまで、皆が自由にありのままでいられる場所なのだ。わたしにとっても、皆にとっても。けれどそうすると、結果はほぼ見えてしまっている。

太田の直感は正しい。

事実、わたしたちは完全自由主義者の地下グループのようなものだからだ。そして人は雰囲気によって動かされる。合同会社化など、好んで受け入れる者はいない。おそらくはボロミア一人の犯行である以上、逮捕されるといった危機感も共有されていない。

そして、レゴラス。彼はまっさきに合同会社化に反対するだろうし、そうなると皆もそれにしたがう。

窓を閉め、チャートを表示させているディスプレイに向かった。勾留されてしまうと相場に触れられないだろうから、いまのうちにいくつかのポジションを解消しておく。大きな利益が見こめたやつもあったのでもったいないが、これは仕方がない。時計を見る。まだ、メンバーが集まる時間ではない。コーヒーを淹れ、ソファでそれを飲んだ。気をまぎらわそうといくつか動画を観たが、ほとんど頭に入ってこなかった。

クリプトクリドゥスにログインした。

十二番ワールドにいたのは、レゴラスを含む十二名。久部の部下だというシェロブもいる。わたしのほかに二人、警察に話を聞かれたというメンバーがいた。が、取引を持ちかけられたのはわたしだけのようだ。仕方なく、議題として合同会社化の案を一同に諮った。

しばらく皆はざわついていたが、やがてレゴラスが反対の意を表明すると、昔のクリプトアナキスト宣言なるものを引用して一席ぶった。たちまちのうちに、体制に屈するまいという空気が生まれた。これで流れは決まった。その間、わたしはずっと黙っていた。ログインしていないメンバーも多いので投票は先送りになったが、結果は決まったようなものだ。

VRゴーグルを外し、ため息をついた。

レゴラスたちは別に悪くない。彼らは、彼らの思想にしたがっただけだ。立場が逆で、合同会社化案を持ち出したのが別の誰かであれば、わたしだって反発した可能性は高い。でも、本当にこれでよかったのか。

ふと、父のことを思い出した。自由よりも共同体の秩序を是とする父であれば、こういう場面でなんと言うのか。一瞬、相談してみようか迷う。それから首を振るとともに、自分にそのような依頼心が残っていたことを嫌悪した。

＊

久部からは「残念でしたね」との短いメールが届いた。一方、太田警部が言っていたことはやはり脅しではなかった。二日後には令状を持った男たちが現れ、わたしはコンピュータやら何やらを押収されるとともに逮捕勾留されたからだ。

まずは黙秘して、あとは弁護士のアドバイスにしたがい、話してもよいだろうと判断した部分についてはクリプトクリドゥスの内情を語ることにした。おそらくはわたし以外にも何人か勾留されていて、内容が照合されているのだろうと思われた。

最悪だとわたしは考えていたし、特に理由もなく輪ゴムを取りあげられたのも納得できなかった。

　が、本当に最悪なことは留置場の外で起こっていた。

釈放されたのが、逮捕から八日後のこと。きっとローンウルフ型の犯罪という結論は早々に出ていて、その上で念のため裏を取ったのだろうが、それにしてもわたしが勾留されているあいだ、世間では何があったのか。コンピュータやスマートフォンは押収されたままであったので、目に入った定食屋に入ってテレビを見てみた。が、ニュースの時間ではなく、インスタントの袋麺の食べくらべのような番組をやっていた。

　結局、新しいスマートフォンを契約して情報を集めた。

それでやっとわかった。いったい誰が嗅ぎつけたものか、クリプトクリドゥスの存在が名前つきで報じられていた。しかもどうやら、クリプトクリドゥスという存在は人々の興味を駆り立てて耳目を集める、そういう性質を持っているようなのだった。

　メディアの一部は、あからさまにわたしたちをカルト的な地下サークルとして扱っていた。九〇年代の亡霊みたいな年輩の知識人が、いまこそ出番とばかりに、三十年前のカルト宗教のテロ事件を今回の事件と対比させて何やら滔々とまくし立てていた。他の面々は適当に頷きながら聞き流しているように見えた。

　どうせブロックチェーンだなんだと言ってもほとんど誰も理解できないわけで、するとおのずと、クリプトクリドゥスはよからぬ黒魔術的な印象とともに人に伝わるようであった。むしろ、あえてそのように印象づけられて報じられることも多かった。

新時代のデジタル・カルト。

ボロミアの起こした無差別殺傷は、いつの間にか、匿名のアナーキーな連中が起こしたテロ事件であったかのようにすり替えられていた。これまでそうであったように、推定無罪といった原則は今回も無視された。一方、もとが自助グループであったことは伏せられた。それはたぶん、特定の障害と凶悪犯罪を結びつけることを避けるためだろう。

わたし自身の勾留については、被疑者というよりは限りなく参考人に近かったことが斟酌されたのか、匿名報道であった。が、書類送検というだけで犯罪者扱いされる社会だ。たちまち、SNSのアカウントがウェブで特定された。そして暗号通貨を扱っていたのがまずかった。それはまさに、世間の印象と一致する怪しい犯人像そのものであったからだ。

暗号通貨とかそういううさんくさいものを扱っている連中が、高度な技術で顔を隠し、その裏で何事かを画策している。怖い。許せない。とにかくけしからん。そうした無数の声が、わたしやクリプトクリドゥスに向けて浴びせかけられた。それは要するに、「よくわからないこざかしい連中が作った怪しい何かをつぶしてやる」という社会の総意にほかならなかった。

残忍な刑を公開するといった残虐な娯楽が減った背景には、小説の普及があると本で読んだことがある。理由は、他者の視点に立つ習慣がつき、結果、他者への共感が発生したこと。この話とわたしの特性を組みあわせてみると、ポリティカル・コレクトネス的にかなりやばい結論が出る。いずれにせよ残虐な娯楽はまだそこにあり、わたしたちを集中攻撃していた。

押収されていたコンピュータやスマートフォンは、弁護士に頼んで検察に電話してもらったところ、意外とすぐに戻ってきた。試みにクリプトクリドゥスにログインしてみた。だいたい予想はついていたが、いるのは好奇心にかられて覗きに来た物見遊山の誰かや、これぞ我が居場所とばかりに新たに棲みついた本物のアナキストといった連中ばかりで、レゴラスをはじめとしたあの面々はどこにもいなかった。

かくして、わたしはふたたび社会から疎外された。正確にはもとよりずっと疎外されており、いまあらためてそのことが確認された。レゴラスとプログラミングで遊びたかった。友達と遊ぶということを、はじめて教えてくれたあの彼と。こんなことなら、もっと個人情報を聞き出してつながっておけばよかった。いや、それともVRの内部だけの完結した関係だったからこそよかったのだろうか。わからない。

レゴラス、と声を舌の上で転がしてみる。赤の他人のそれのように声は響いた。

攻撃はやまなかった。有名人のゴシップでも出てくれれば流れは変わったのかもしれないが、そういうことも起こらず、怪しい地下サークルを責め立てる声は互いに反響しあいながら高まり、数を増やしていった。そのうちに、わたしの住むマンションに対する嫌がらせがはじまった。かつてSNSに投じた写真にワインのボトルがあり、そこに映りこんだ外の景色が解析され、住所が特定されたらしかった。本名も割れた。

通信を暗号化し、プロトコルを偽装し、暗号通貨のウォレットにはネットワーク上のアドレスが記録されないものを使った。それが結局、ワインボトル一本でこれだ。現実世界に肉体があるということは、かくも大きい。輪ゴムをはじいた。こんな肉体、いらなかったのに。

入口はオートロックなので、部屋の前まで誰かが来るようなことはなかった。かわりにマンションの入口に「社会の敵」「出て行け」「共産主義者」といった貼り紙をされたり、生ゴミをまきちらされたり爆竹を鳴らされたり、深夜にインターフォンを鳴らされたりした。「共産主義者」については解釈に悩み、人を罵る語彙がそれくらいしかなかったのだろうと結論したときには苦笑するしかなかった。このときはまだ、そういうことを考える余裕があった。その裏で、わたしは知らず知らずのうちに追いつめられていた。

管理組合の場に呼び出され、やんわりと転居を求められた。かばう者はなかった。根回しはすでに終わっていた。そのときだ。なかば麻痺していた感覚が、急によみがえった。フラッシュバックが起きた。笑い声。落書き。水浸しの体操着。ひんやりしたトイレの床の感触。次々と向けられるスマートフォンのカメラ。シャッター音。

その場に倒れたようだった。あとになってから、そのことを知った。救急病棟のベッドで、特に異常はないと告げられた。ほかにも説明があったが、上の空だった。請求にＭＲＩの費用があるのを見て、頭でも打ったのだろうかと他人事みたいに想像した。

マンションに帰り、オートロックの暗証番号を押そうとして手が止まった。建物そのものに拒まれているような錯覚に襲われた。強引に、叩きつけるように暗証番号を入力した。輪ゴムを外してシャワーを浴び、機械的に身体を洗ったあと、機械的に、左手首に剃刀をあてた。そうしている自分を、別の自分が俯瞰するように天井のあたりから観察していた。同時に理性がささやいた。死ぬなら剃刀は縦にあてたほうがいい。それから風呂をため、切った左手をひたしておくのがいい。理性的な助言だ。それにしたがい、湯を出した。

いま死んだら、管理組合の連中は少しは後悔するだろうか。

ふとそんな思いがよぎった瞬間、馬鹿らしくなった。こんなことをしたら、まるであてつけで死ぬみたいだ。確かにこれまで、他者を攻撃する意図をもって自傷したことはある。でもそれは昔のことだ。わたしはわたしの生き死にを、他者と関係させたくない。理屈は通っていない。でもそうなのだ。わたしはわたしの生き死にを、他者と関係させたくない。

剃刀をもとの位置に戻した。

とりとめのない思いが浮かんでは消えた。わたしは弱くない。あいつらと同じ次元には立たない。戦え。共同体という共同体にノーを突きつけろ。背後で、ぽたりと水のしずくが垂れ落ちた。インターフォンが鳴ったのはそのときだった。

これから身体を拭いて出るのでは遅い。

第一、どうせまた誰かの嫌がらせに違いない。そう思ったが、一分ほど時間を置いてまた鳴らされる。ため息をついて、バスルームを出てインターフォンの室内子機に目をやった。液晶画面を見て驚いた。オートロックの前に立っているのは、これまで一度も来たことのない父であったからだ。

「いまいいか?」マイクをつなぐと父が口を開いた。「話しておきたいことがある」

*

なぜ父を部屋に通したのかはわからない。ただ、手が動いてオートロックを解錠していた。心配だから来たとか、そういったことを言われたら拒絶していたかもしれない。それは不明だ。父が七階にあがってくるまでのあいだ、急いで服を着た。ほとんど誰とも会わない前提の生活なので、化粧はしない。

玄関のチャイムが鳴った。

父は少しくたびれたスーツを着ていて、「邪魔するよ」と言いながら靴を脱いだ。仕事部屋に通し、ソファで待ってもらった。そのあいだに、二人ぶんのコーヒーを淹れる。

「思ったよりしっかりしてそうだな」

ソファでわたしを迎えた父が、指を二本立てて自分の両目を指した。

「目。ちゃんと力がある」

「そう？」

さっきまで自分がしていたことを考えると妙なようだが、とりあえずはそう答える。

「話って何？」

「と、その前に一応確認だ。個人情報がさらされているが、ちゃんと対応してるか？」

「弁護士に丸投げした。お金はかかっていいから刑事告訴まで視野に入れて、徹底的にやるよう頼んでおいた。ただ、情報が拡散しちゃったから、ここにはもう住めないね」

「うちに来るか？」

父は親子三人で住んでいたころの家にまだいる。川越の一戸建てだ。が、この状況では父に迷惑をかけるだけだろう。越したら越したで、また家の前に生ゴミをぶちまけられるかもしれない。そして、それ以上にだ。

「やめておいたほうがいい。たぶん、わたしたちはうまくやれない」

「かもな」

父は肯定も否定もせず、猫背になってコーヒーをすすった。

「それで俺の話だが、悪いがちょっと長い。そうならないようにいろいろ考えたんだが、結局、一から全部話すのがよさそうでな。一応、母さんにもかかわってくることだ」

上目づかいにこちらを見る。聞いてくれるか？　とうかがう目だ。

軽く頷きを返すと、父も小さく頷き、それから小声で話し出した。

「俺が生まれたのは一九七七年のことだ。場所はアメリカ。ここまでは話したことがあったな。もう少し詳しく言うと、親父が自動車メーカーに勤めていて、その海外駐在に母がついていって俺をみごもった形だ。家で親が話す言葉は日本語だった。でも――」

――でも、英語を覚えるようにと、現地の保育園と幼稚園に入れられた。本当だったら、そのまま現地の小学校に入れられる予定だったらしい。ところが母方の祖母が、外国で育つことになった俺を不憫に思ったそうでね。小学校に入学するタイミングで、俺のことを無理やりに引き取って、日本で育てはじめたんだ。

でも、あんまりいい思い出がない。

まず、身体が弱かった。野球か何かしようっていうとき――いまの学校だとどうなんだろうな？　当時は、各チームを代表する二人が順繰りにチームメイトを選んでいく形で、だから俺はだいたい最後か、最後から二番目まで残された。打順は回ってこなかった。それからあれだ、いまでいうスクールカーストってやつ。それも最低だ。楽しみは漫画とかゲームとか。そのうちに両親が帰国してきて、名古屋に移り住むことになった。それで転校したが、結果は同じだった。

ただ、算数が得意だった俺のために、親父がPC－88っていうコンピュータを買い与えてくれてね。こいつが俺にとって福音だった。プログラミングさえ覚えれば、思うようなゲームが作れるんだからな。でも俺のこういう趣味は、どうも学校の教室といった共同体では異質なものに映るらしくてな。気味悪がられた。それで、結局は仲間外れだ。

社会ってやつは俺を必要としていないし、俺自身そこに適応はできない。俺が突きつけられたのは、つまりはそういうことだった。だから焦ったよ。それで中学のころには、自分の特性を活かす道を考え、マサチューセッツ工科大学《MIT》を目指すことにした。そういう方向なら、社会に受け入れられると考えたんだろうな。英語も勉強したよ。転機は一九九四年、俺が十七歳のときだ。インターネットが普及しはじめ、海外のギークとつながることが容易になったのさ。で、俺はサイファーパンクのメーリングリストってやつに入った。

サイファーパンクなんて言われてもわからないよな。

暗号《サイファー》とサイバーパンクをかけて作られた言葉だ。ま、一種の運動だな。どういうものかというと……そうだな、テクノロジーで武装した完全自由主義ってところだ。人数は俺が入った当時で七百人くらい。そう、暗号《クリプト》アナキストなんていう連中もいた。俺たちが目指したのは、言ってみれば個々が情報技術を持ち、それによって政府や規制といったものから逃れるユートピアだ。その要素技術が、暗号だったってわけだ。

のめりこんだよ。刺激的なんてもんじゃなかった。未来に向けられた技術という刃の、その先端に立った気分さ。俺はサイファーパンクに没頭して、積極的にメーリングリストに参加し、そして世界は変わると信じていた。本当に信じたんだ。それからそう、日本国内でも活動した。クリプトアナキスト宣言とかそういうやつを、訳してウェブページで公開したりな。

どうだ。俺がこんな話をするのは驚きだろう?

驚きついでに余談を一つ。一九九六年のサイバースペース独立宣言は、アメリカの独立に重ねられた、アメリカ人の心を打つように考えられた代物だ。ところがクリプトアナキスト宣言のほうは、マルクスの『共産党宣言』を踏まえてるのさ。なんだか適当なもんだよな。

暗号通貨も、別にサトシ・ナカモトが無から生み出したものじゃない。それは、俺たちの時代にすでに予見され、いずれ技術的に可能になると見られていた。分散型のネットワークだってそう。メタバースやアバターって言葉は、スティーヴンスンっていう作家が当時作った。

だから、そう……梨沙からクリプトクリドゥスの話を聞かされたときは、まるで過去に放ったボトルレターが海流か何かの関係で戻ってきたみたいな、そんな不思議な気分にさせられたよ。それはまさしく、俺たちが九〇年代当時に夢見たものだった。そういう世界があることは知っていたが、なんていうかセカンドライフみたいな微妙な例も見てきたからな……。でも、いままさにその世界にいる梨沙の口から聞けたことで、俺の心の何かが動いたんだ。

そうだ、母さんの話だったな。

母さんと出会ったのは、まさにそのサイファーパンクのメーリングリストだ。日本人は珍しかったから、おのずと互いに意識しあうようになってね。俺たちはテクノロジーが発達したきたるべき未来の、自由なサイバー空間やデジタル通貨、メタバースといったものを夢想しあったもんさ。母さんはそのころ東京に住んでいたから、俺は東京の大学に進学して、そこで母さんとはじめて会う予定だった。だからMITはやめた。ところが、私大に合格したその直後の三月さ。あれが起きた。地下鉄サリン事件だ。

事件後、俺は東京の大学に通いはじめ、無事に母さんと会うこともできた。ちなみに、当時通信に使っていたのはポケベルだ。考えられるか？　いや、すまん。どうでもいいな。それはともかく、あの事件のとらえかたにおいて、俺は自分と周囲の学生とのあいだにちょっとした温度差があることに気がついた。学生たちは露悪的に、サリンの化学式を黒板に書いたり、事件を起こした教団の歌を歌ったりしていてね。でも、あのテロ事件は俺にとってはもっと重大な、足元を揺るがす代物だったんだ。これには母さんも賛同してくれたよ。

どう説明したものだろうな。

つまり、テクノロジーで武装された完全自由主義を、俺や母さんは心底から信じていたんだ。それが、根っこのところで揺るがされてしまったのさ。どういうことかというと、結局は安全保障《セキュリティ》の問題に行き着くのかな。つまり、テロを起こした教団もまたテクノロジーによって武装されていたし、そしてセキュリティなしには、俺たちの夢見る自由は望めそうにない。それが、あの事件が俺たちに突きつけた課題だったってわけだ。

サイファーパンクのメーリングリストで、俺はこのことを指摘した。が、一笑に付された。「枢軸国の猿に、俺たちの崇高な理念が理解できるはずなんかない」――直接そうとは言われなかったが、だいたいそんなような雰囲気だったよ。俺が訴えていたことの真の意味にあいつらがやっと気づいたのは、その六年後。二〇〇一年の同時多発テロのときだ。あいつらはあっさり転向し、安全保障とナショナリズムに舵を切ったよ。

これが決定打だ。俺はサイファーパンクに完全に冷めた。それに、母さんと築きはじめた新しい家庭のことで頭がいっぱいでもあった。その翌々年、二〇〇三年だったな。これ梨沙が産まれてきてくれたのは。あのときは俺も、母さんも、心から幸せだった。これは本当だぞ。そういう瞬間もあったんだ。母さんを追いつめたのは、梨沙の言う通り俺なのかもしれないけどな。

さて、その後の俺の潰えた夢はどうなったのか。

最終的に、俺は共同体主義ってやつに転向した。それはまあ、梨沙が大きくなったり、母さんが亡くなったり、そういうことを経て自然と腑に落ちてきたというか、自分にあっていると感じたからだ。社会からはじき出されていたはずの人間が共同体に回帰するってのも妙な話だが、まあ、齢を食うとそういうこともあるのさ。

あの堅苦しい石畳のたとえ、憶えてくれているかな。あれがいまの俺の考えさ。ただ、一つはっきりさせておきたい。転向したことは、俺にとって挫折でもあった。こういうのは、新しいなんらかのイズムを獲得すれば万事収まる代物ではないらしくてな。

そう、このあたりが、梨沙と話しておきたかったことなんだが……。

九〇年代から二〇〇〇年代にかけての俺の挫折と、現在のクリプトクリドゥスが置かれた状況が、俺にはどうにも重なって見えて仕方がないのさ。だから話をしておきたかったし、もしかしたら、俺の話にもヒントはあるかもしれないと思ってな。

墓参りの日は議論になってしまったな。でもあれからいろいろ思い出して考えは変わった。梨沙は、いわば暗号の子なのさ。世紀の変わり目にいっとき交わった、俺と母さんの夢の結晶が梨沙だ。世間やSNSでどういうふうに言われているかは知ってる。でも、梨沙は間違っていない。いっそどこまでも、暗号の夢を追いかけてほしいくらいさ。現にそれは、俺たちが夢見てきたものなんだ。だから愚か者どもの言うことに、いっさい耳を貸すな。足を引っぱる連中は、すべて無視しろ。転向してもいいし、しなくてもいい。やりたいようにやれ。

＊

カップはとうに空だ。父のいたソファには、まだその気配のようなものが漂っている。一人残されたあと、わたしは向かいに座ったまま考えこんだ。父はわたしに何を伝えようとしたのか。反芻を試みたが、その思考はインターフォンによって断ち切られた。室内子機の画面には、野球帽をかぶったよれよれの服の男が映っている。齢は六十くらいだろうか。おそらくは悪戯だろうが、一応マイクを通してみた。

なんの用かと訊ねても、返事はない。警察を呼ぶと告げたら走り去っていった。

そうだ。このマンションも引っ越さなければならない。経緯を考えると腹立たしくはあるが、隣人に白い目で見られながら暮らすよりはいい。次はもう少し防犯性能の高い、警備員のいるようなそういう建物がいいだろうか。

背もたれに体重をあずけ、天井をあおぎ見る。

やりたいようにやれ。自分でもそうつぶやいてみる。言われずとも、そのつもりだ。まずは、尊厳を回復することだ。わたしの尊厳と、それからクリプトクリドゥスの尊厳を。ただ、これらについては戦わなければならないだろう。奪われた尊厳は、奪い返すよりないからだ。少なくともわたしは、ほかに方法を思いつかない。

鍵をかけてあったSNSのアカウントを元通り開放した。

どうせ本名は割れているので、英数字を羅列しただけのアカウント名を「LISA」に変える。ついでに、「トレーダー、プログラミングも少し。為替、ゴールド、暗号通貨」と書かれていたプロフィールを書き換える。「クリプトクリドゥス所属。社会の敵」――はっきりとそう宣言したのがよかったのか、これで揶揄や誹謗中傷が減り、好意的な反応も出てきた。

こんなとき、情報の発信は恐怖をともなう。

誰にも話が通じなかったころの記憶がどうしてもよみがえる。どうせ黙って待っていれば、皆飽きる。そうなるのを待ちたい気持ちもある。でもそれでは、奪われたままなのだ。大きく息を吸いこみ、好きなヒップホップのフレーズをつぶやいた。OK、余裕。口に出してみたら、これでいいかという気がしてきたので、それをそのままポストした。OK、余裕。しばらくしてもう一度見てみたら、なんだかわからないが拡散されていた。目ざとい動画配信者がコラボ配信をやらないかと誘ってきたので、乗ることにした。顔までは出したくなかったので、なんとなくハッカーっぽい雰囲気のある仮面をECサイトで買った。試しにかぶって鏡を見てみたら思ったよりいまいちだったけれど、面倒なのでそれで行った。

イエスかノーで答えられない質問が苦手なので、人前に出てしゃべるのには向いていない。でも、短時間であればなんとかなる。これは経験的にわかっていた。幸い相手も慣れたもので、こちらに気を使いながらうまいこと場を持たせてくれた。

内容面は、クリプトクリドゥスが実際のところどういうものであったかという話がまず一つ。それから、勾留されたときの体験談へ話はスライドした。実際、このあたりが視聴者の興味を惹く点だろう。終わりごろ、こんな雑談があった。

――「OK、余裕」っていうのはヒップホップのフレーズですよね。

――あれって元の曲では、下積みの青年が自分を鼓舞するためにつぶやく一言なんですよ。トレードで稼いでる人間が真似していいものか迷いましたが、でも好きなフレーズです。

――プロフィールに社会の敵って書かれてますけど、真意とかってありますか?

――そのままですよ。社会の敵ですから。社会にいい思い出がないんですよ。

このときほとんど無意識に語った「社会にいい思い出がない」というフレーズは少なからず人の心に届いたようで、コメント欄に共感が並んだ。そう、共感が。結果として、わたしはざっくばらんに話せるキャラクターとして受け取られたようだった。収録を終えて家に帰ってから、トイレに駆けこんで吐いた。そこにまた、別のコラボレーションの依頼が来た。

引っ越しを終えたころ、ストリーミングTVの討論番組への出演依頼が来た。肩書きを問われたので「社会の敵」と答えたところ、勝手に「FXトレーダー」に直された。まあそんなところだろう。こだわりはない。それよりも、まずは知ってもらうことだ。わたしのような人間がいること。クリプトクリドゥスが宿していた思想があること。わたしたちのような人間が社会にいていい、そういう隙間がほんの少しでも広がってくれれば。

ただ、道はけわしそうだ。

クリプトクリドゥスが目指した完全自由主義は、伝統も福祉も否定する。だから保守ともリベラルとも相性は悪い。道路のまんなかに立つと、両サイドの車にはねられるというあれだ。味方が少ないのだ。ほかにも、環境活動家はブロックチェーンの環境負荷を問題にするかもしれない。世間の反応は、たぶんこう。なんだかよくわからないものは、とにかく怪しい。

それにしてもこの現代、SNSやブロックチェーンといったテクノロジーと完全自由主義は裏で手をつないでいるように見える。しかしそれでいながら、テクノロジーは保守的な一般意志めいたものを立ちあがらせているようでもある。奇妙な、皮肉なことのように感じられた。

いずれにせよ、完全自由主義それ自体には長い歴史があり、争点になりそうな箇所はすでにさまざまに議論されている。それさえ頭に入れておけば、だいたいの問いには答えられるはずだ。テクノロジーで武装したアナキストというイメージは、視聴者がそれを求めるだろうから、ある程度はそのまま引き継ぐ。顔につける仮面は、もう少しいいのを注文して収録に臨んだ。

「わたしたちの考えは、欧米ではわりと昔からあるものなのですよ」

最初の発言で、そんなふうに切り出した。

反発されるかと思いきや、意外と、聞いてみようという空気が生まれた。そこで、政府を否定するわけではないことや、他者に迷惑をかけないことなどを強調しつつ、自分たちの立場を説明し、分散型自律組織の仕組みがそれに適していることをつけ加えた。

司会者に問われた。

「目白の事件についてはどうお考えですか」

わたしは犠牲者への哀悼の意を表するとともに、シンプルに犯人を強く批難した。完全自由主義は殺人を認めないといった、そういう理屈はいっさい述べない。こういうとき人間が理屈を嫌う生きものであるらしいことは、これまでのいくつかの失敗で学んでいた。わたしは重ねて犯行を批難し、残念だと言うにとどめた。

が、これだけでは無差別殺傷事件とクリプトクリドゥスを切り離せない。

クリプトクリドゥスという怪しい異質な場こそが、無差別殺傷事件の温床になった。それが、多くの人の印象であるはずだろうからだ。人はわかりやすい因果関係を求める。だから、わたしはこの点を訊かれるのを待って、一九九七年の神戸連続児童殺傷事件の話をはじめた。

「あのとき、ニュータウンという街のありようが諸悪の根源であるかのように語られました。異質な犯罪の原因を、ニュータウンという一種異質に見える街に求めたわけです。これはちょうど、いまクリプトクリドゥスが置かれている状況と似ています」

でも、と一呼吸置いてつづけた。

「落ち着いて考えれば、これってだいぶ乱暴な話ですよね。旧村落であれば凶悪犯罪は起きないのか。だったら津山三十人殺しはなんなのかって話です。そもそも、ニュータウンの犯罪率は別に高くないんです。ほとんどすべての人が、真面目にその日その日を暮らしています」

そろそろ新たな指摘や茶々が入るかと思ったら、論敵であるはずの保守知識人が興味深そうにこちらを見ていた。どうも面白く感じているらしい。社会の妙を感じつつ、先をつづけた。

「わたしたちは犯人探しが大好きです。何か事件が起きれば、犯人を探す。犯人が捕まれば、さらにそれを生み出した犯人を探す。そうやって納得したがる。でも本当は簡単な答えはなくって、そしてどのようなコミュニティであっても、残念ながら凶悪な事件は起こりうるのです」

だいたいこのようなことを話した。その反動か、家に帰ってから強烈な希死念慮に襲われた。しかし、言いたいことは言えた。あとは世間がどう評価するかだ。SNSを見たところでは、だいたい擁護派と否定派が半々といったところ。懸念していた保守層やリベラル層からの攻撃はあまりなかった。臆さず話すことができたのが、結果としてよかったのかもしれない。

問題はむしろそれからだった。

その後、わたしはさまざまな場に呼ばれることとなった。つまり、歯に衣着せぬ発言をして毀誉褒貶の対象となる、あの使い捨ての知識人枠として。それでわたしは文化人やコメンテーター、論客とやりあい、そのたびファンとアンチがだいたい半々の割合で増えていった。当初の目的はおおむねはたされたように思われたが、今度は舟から降りられなくなってしまった。

焦りや虚しさがつのった。

そもそも、わたしが守ろうとしているクリプトクリドゥスはすでに変質し、本当は、もうないも同然なのだ。わたしは失われたかつての夢を守っているにすぎなかった。それでも、日に一度はクリプトクリドゥスにログインした。もしかしたら、レゴラスからメッセージが来ているかもしれないと期待して。が、アナキストや無法者の溜まり場があるのみで、そしてまた、彼らがわたしの主張を理解してくれているとも思えなかった。

左手首の輪ゴムをはじく癖はやめた。

赤くなった箇所を、人前に出るときコンシーラーで隠すのが面倒になったからだ。すると、今度は過食が出た。ウーバーで手あたり次第に注文して、食べて吐くといったことをくりかえした。SNSで流れてきた無内容な四コマ漫画でなぜか落涙し、限界を自覚した。でも、どうしたらいいのか。

ブレーキはきかなくなっていた。

ブレーキの壊れた一台のトロッコが、分岐した線路の上を走っていた。あとは、一人を轢くか五人を轢くかの違いでしかなかった。もちろん自由なんかまったく感じられない。しばらく足が遠のいていたカウンセリングを受けようかとも思ったが、頭が混乱していて、実のある相談ができるとは思えなかった。

そんなころ、保守系のインフルエンサーがSNSでこんなことを言い出した。

「最近話題のLISAってやつ、自由主義だなんだとか言ってるけど、要はアナキストだよね。重信房子《しげのぶふさこ》とかと同じくくりでしょ?」

完全自由主義とアナキズムは違うし、重信は確か共産主義者ではなかったろうか。なんだかくらくらしてきたが、これが瞬く間に拡散し、無数の賞賛コメントがついた。賞賛する人々は、一種、知性に対する憎しみで連帯しているように見えた。つまり、これはインテリ連中にはわからない鋭い本質論であり、こうした我々の野生の直感こそが正しく肝要であるのだと。

似たような指摘は前にもたくさんあったが、それは市井の人々の発言にすぎず、その意味で害はなかった。が、今回は「さすがです！」「もやもやが言語化されました！」といったコメントが一分に一回くらいついていく。「クリプトクリドゥスは連合赤軍」と誰かが言い、そのうちに「クリプトクリドゥス」と「連合赤軍」がトレンドに入る。よくわからない有象無象がコピー・アンド・ペーストみたいな発言をポストしてインプレッション稼ぎをはじめる。

「社会の敵」であれば、堂々としていればいいのかもしれない。

ただ、こうした印象を打ち消して上書きするため、メディアに出るとする。すると当然、またあのインフルエンサーと同じようなことを言う誰かが現れる。そういう未来像が浮かび、暗澹とした気持ちになった。しかもだ。知性への憎しみで連帯している人たちの顔と、かつてクリプトクリドゥスで強者の論理を唱えていた面々の顔は、もしかしたら同じものではなかったろうか？

これを受けてか、あるいは偶然にか、篤志家で知られる別の保守言論人が経産省のウェブ3促進室から講義を受けるという動画配信があった。おのずと久部のことが思い出されたが、動画に出てきたのは彼とは別の人物だった。内容はクリプトクリドゥスの技術面の解説だ。分散型自律組織だとか、ガバナンストークンだとかいう話が出てきたのち、篤志家が訊ねた。

「そのトークンというのは、つまり株式のようなもの？」

「まあそうですかね」

「すると、ぼくがトークンを買い占めればクリプトクリドゥスをつぶせるってこと？」

「理論的にはそうなります」

篤志家の行動は早かった。

クリプトクリドゥスのガバナンストークンは発行上限が定められており、初期のメンバーが約六割を所持している。あとから参入したアナキストたちも一部買ったようだが、全体の一割くらいにすぎない。そうした状況を知った篤志家はSNSを通じて、高額でガバナンストークンを買うと表明した。いわば、株式公開買いつけ《TOB》のようなものだ。

表明を見た瞬間、悪寒が走った。これはたぶん、まずい。

もともとのメンバーはすでにクリプトクリドゥスにはいない。ガバナンストークンを所持しつづける意味はもうほとんどないのだ。もしこの話を知れば、買いつけに応じるかもしれない。また、もし篤志家の目指す先がクリプトクリドゥスの解散であるとするなら、ますますガバナンストークンを所持する必要性はなくなる。

わたしが所持しているトークンが、全体の約一割。

もし、わたしも同じように公開買いつけをしたら？　そうすれば、資金の勝負となる。敵は、さらに価格を上乗せすることだろう。おそらくは、わたしが白旗をあげることになる。仮にそうでなくても、クリプトクリドゥスのガバナンストークンは、現状を考慮するならば電子ゴミにすぎない。アナキストの溜まり場の議決権に価値があるとは考えられないし、将来の値あがりも期待できない。大金を投じてそれを手にする意味は、ほとんどないと言っていい。

あの動画にこそ出ていなかったが、久部からわたしへの嫌がらせという線はあるかもしれない。当初の久部の提案は結果としてしりぞけられたのだし、わたしはわたしで、管理者や責任主体のない分散型自律組織の伝道師のようになってしまったからだ。とはいえ、久部の考えなど確認しようがないし、仮に確認できたところでどうしようもない。起きたことは、起きたことなのだ。

それにしてもだ。なぜ内実を失ったクリプトクリドゥスをこれまで守ってきたのか。それは、所在も名前もわからないレゴラスたちとの、唯一の接点があの場だったからだ。もしかしたら、いずれまた海辺の四阿で再会できるかもしれないからだ。そのために、出たくもない動画配信やらメディアやらに出てきたのだ。それがすべて、無になるのか。乾いた笑いが出た。同時に吐き気に襲われ、トイレに駆けこんだ。上体を便座にあずけたまま、片方の手でスマートフォンを立ちあげた。たどたどしく路線検索をする。ここから、目白まで。

*

クリプトクリドゥスに新たに巣くったアナキストやテロリスト予備軍への嫌悪がつのる。その傍らで、自分がさかしげに語った言葉が浮かんできた。――ニュータウンという街のありようが諸悪の根源であるかのように語られました。嘘だ。――落ち着いて考えれば、これってだいぶ乱暴な話ですよね。嘘だ。嘘、嘘。

最寄り駅の駅中の花屋で花束を買い、電車で目白に向かうことにした。

夕暮れどきだった。時間感覚がなくなっていたため、目的地に着いてからそのことに気がついた。刺々しい雑踏や電車の音から身を守るように、若干猫背になる。

ボロミア、小中圭輔の生い立ちについては、ウェブメディアや週刊誌があれやこれやと書き立てていた。いわく、家ではネグレクトされていた。いわく、ビルの五階から飛び降りたことがある。そうした事柄のどれかが事件につながったのかもしれないし、そのどれでもないのかもしれなかった。

クリプトクリドゥスのせいではないはずだ。それはいまもそう思っている。が、彼の居場所を作ってやることはできなかった。わたしたちは選民意識に満ちあふれすぎていた。そのことはちゃんと反省してもよかったはずだった。わたしはそれをせず、彼を「個体」と呼んだ。

――わたしは弱くない。

そもそもなぜ、強くありたいと願ったのか？　どうして、わたしは自分が傷ついていると認められないのか？　福祉を否定するのだってそうだ。なぜこうも弱さを嫌うのか？　もしかすると――と、唐突に思う。わたしは、母を弱者だと考えているのではないか？　そうすることで、母に関するいっさいを封印しているのではないか？　首を振って、次々と湧き起こる思念を追い払った。目白橋の下から電車の音が響き、反射的に耳を塞いだ。それから問題の場所を探す。あった。

事件のあった横断歩道に、たくさんの花が手向けられている。

隅に持参した花を置き、目をつむって両手をあわせた。が、湧きあがってくる言葉がなく、つくづく自分が嫌になった。どうか安らかに、となかば無理やりに定型文を吐き出した。そこに、スマートフォンのシャッター音がした。目をあげると、男女の三人組がこちらを向いている。

「LISAさんでしょ?」

「仮面つけてないけど」

「でも、その服着てるとこ見たことある。一緒に撮ってもらっていいですか?」

突然のことに身体が固まってしまい、何も答えられなかった。三人とも笑顔で、そのうち一人がカメラ機能を立ちあげたスマートフォンを振っている。悪意は感じられない。感じられないのに、怖い。顔を覆って隠し、ごめんなさい、と口のなかでつぶやいた。ごめんなさい。

目の前の横断歩道を走って逃げようとした。赤信号だった。それはあとで気がついた。車にぶつかりそうになったところで、スーツ姿の若い男性が走りこんできて強引にわたしを抱き止めた。それから、男がわたしと三人組とのあいだに立ちはだかった。

「失礼。太田警部の命で、あなたを警護しています」

そうだった。感覚が麻痺していたが、わたしは誹謗中傷だけでなく複数の殺害予告を受け、弁護士に対応を頼んでいたのだ。そういえば、警護が云々と警察から連絡もあった気がする。それにしても、太田警部とは。被疑者にされたことは忘れられないが、一応のアフターサービスはあったようだ。

男が三人組を追い払い、自然な仕草で歩きはじめた。

その隣を歩き、「助かりました」と礼を述べた。次はどこへ行くのかと男が訊いた。

「家に帰るだけ。わたしの警護、退屈でしょう？」

「警護がエキサイティングだったらそのほうが問題です」

「……太田警部の指示ってことは、所属は警視庁の交通捜査課？」

「そうです。梨沙さんのお父さまにもお世話になっていますよ」

わたしが「え？」という顔を向けると、相手が急に無表情になった。しまった、と声が漏れたのが聞こえる。それから、「聞いてないのですか？」と問われた。なんだか情報量の多い人だけれど、これで仕事は務まるのだろうか。

相手が困惑したように口元を覆っているので、とりあえず問題にけりをつけるべく、その場で父に電話をかけた。四コールくらいで相手が出た。「どうかしたか？」と問われたので、どうもしないと答えたあと、父の仕事について詳しく訊ねてみた。

「警視庁生活安全部」抑揚なく父が答えた。「サイバー犯罪対策課だ。それが何か？」

「なんで教えてくれなかったの？」

「前に話しただろ。IT系の技術職って。それ以上は訊かれなかったからな」

生真面目な口調に笑ってしまった。この親にしてこの子ありというやつだろうか。父がつづけた。

「ちょうどよかった。俺からも話がある。今日、このあと会えるか？」

父の帰り道にあたる池袋で、個室居酒屋を取ることになった。個室を求めたのは父だ。

わたしはウェブで予約をして、警護の男にその旨を伝えるとともに名前を訊ねた。カツラギです、と答えが返った。空返事をしたあと、かつて太田がわたしの事情聴取のあとに入れていた電話を思い出した。あのときの相手だ。どういう字なのかを訊くと、桂花ラーメンの桂に江戸城の城ですと言う。桂城、ということだ。

池袋へはどうせ一駅だし、わたしにつきあわせて電車で立たせるのも申し訳ない。それで、一緒に車で向かうことにした。

父が来るまで時間があるので、喫茶店に入る。そこで桂城から父の話を聞いた。父が民間人登用でサイバー犯罪捜査官になったのは、五年くらい前だそうだ。わたしが十七歳、父が共同体主義に傾倒した時期にあたる。思うところがあったということだろう。父はかなりの腕利きで、難しい案件で頼られることが多いという。そうすると、太田警部がわたしに関心があったというのは、父の娘であったからだろうか。それにしては容赦がなかったけれども。

桂城の少し迂闊そうなところが、わたしの警戒心をほどいた。

会話がとぎれたところで、わたしはこんなことを口走っていた。

「クリプトクリドゥスを守ろうとすると、反対の声があがる。それでまた行動を起こすと、別の反対の声があがる。正直、疲れてしまって……。何をやっているんだかって感じです。そうやって守ろうとしたクリプトクリドゥスは、けれどもあっさりなくなろうとしている」

「いいのではないですか？　手を引く潮時ということなのでしょう」

桂城はあっさりしたものだった。確かにそうなのかもしれない。でも、かつてあった世界への未練もある。桂城が腕時計に目を落とした。そろそろだ。頷きあい、父との待ちあわせの店に向かった。父はすでに個室でノートパソコンを開いていた。

わたしたちに目を向け、「おう」と声をあげる。

父の傍らに烏龍茶があったので、わたしたちも同じものをタブレットで頼んだ。注文を終えたところで、父が桂城に、悪いが五分ばかり席を外してくれと頼んだ。桂城は一瞬不思議そうな顔をしたが、理由を訊ねることもなくそれにしたがった。

「とりあえず、目下の問題を解決するぞ」

問題が多すぎてどれかわからない。顔に出ていたらしく、父が咳払いをしてつづけた。

「例のガバナンストークンの買い占めの件だ。放っておけば、今日明日にでもクリプトクリドゥスを解散させるのに充分なトークンが集まりかねない。だが、梨沙としては、できればそれは阻止したい。そういう認識でいいんだな？」

正直わからなくなってきている。が、わたしはゆっくりと頷いた。

「だとしたら、不出来な娘を一度叱っておく必要があるな」

「え？」

「何が完全自由主義の楽園だ。その前に、やるべきことがなされていない。おまえたちの組んだ自動契約プログラムを精査してみたが、特定のトランザクションの順序で発生するバグが残ってるぞ。なんでこれまで誰も気づかなかった?」

父がノートパソコンの画面をこちらに向ける。リバースエンジニアリングされたとおぼしき、ソリディティ言語のコードがあった。

父がその一箇所を指し、それから画面の向きを戻した。

「だからだな」素早く、キーボードが叩かれる。「こいつを利用して特定の状況を作ってやれば、トークンの所有者でなくともトークンを送付できる。というわけで——」

父がエンターキーを押した。

「一丁あがり。あとは待つだけだ。俺の烏龍茶が空くころには、片がついてるだろ」

かろうじて、何をやったかはわかった。

クリプトクリドゥスの不具合を衝いて、すべてのガバナンストークンを盗み出して一箇所に集め、隠したのだ。するとどうなるか。投票行為それ自体ができない。クリプトクリドゥスを解散させる決議もだ。トークンを元通りにするかどうかという決議もできないし、新たに別種のトークンを発行するかといった決議もできない。

管理者や責任主体があれば、トークンを元通りに配分するといったこともできるかもしれない。が、クリプトクリドゥスにそれはない。クリプトクリドゥスは、いわば凍ったのだ。

こういう言葉がある。

コードが法《Code is Law》――。プログラムの範疇で起きたことは合法であり、プログラムにバグがあった以上、父の行為は許容されるということだ。けれど、むろんそれは社会通念にそぐわない。だから父は、桂城に席を外させたわけだ。

「ベストな手段ではない」父が烏龍茶のグラスを傾けた。「が、こんなところだろう」

そこに桂城が戻ってきた。

何をしていたのかとは訊かれなかった。もしかすると、察しがついているのかもしれない。グラスはすでに人数分が来ている。特に乾杯もせず、口をつけた。仕事中の桂城には悪いが、わたしと父は飲みものをアルコールに変えた。

桂城という第三者の目があったのがよかったのだろう。父との会話はいつもよりもスムースで、穏やかなものとなった。次第にわたしは酒精を帯び、桂城の目があるにもかかわらず、というよりおそらくは桂城という男の柔らかな性格に導かれ、こんな話をはじめていた。

わたしはずっと、母のことを弱者だと考えていた。

そう考えることで、母にまつわるいっさいを封印してきた。アルコール依存に陥ったことも。それが事実上わたしへのネグレクトであったことも。彼女が事故死したことも。

それらすべてを、仕方のないことだと思おうとした。

「俺のせいだよ」

父はグラスを手に横を向いた。

「俺の性格というか特性が、母さんをカサンドラ症候群に追いこんでしまった。事実そうなのだろう」

「そういう面はあったかもしれない。でも、それだけじゃない」

父と母は、もともとはうまくやっていた二人なのだ。そしてわたしが産まれたときには、本当に喜びにあふれていたのだろう。それを疑う理由はない。

ならば、そう。ほかならぬわたしが、とどめを刺したのだ。おそらく母は、父の相手だけならばそれなりに割り切ってつきあえたのだろう。が、その関係性をわたしが変えてしまった。父と同じ特性をひきつぐわたしが産まれたことによって、母は夫とも娘ともコミュニケーションが取れないことに気がつき、孤立したのだ。だから、アルコールに救いを求めた。

母が依存症になった時期を考えると、そうとしか考えられない。

「お母さんを殺したのはわたし。わたしはそのことから目をそむけてきた。だからお父さんのせいにしたり、お母さんが弱かったから悪いのだとばかりに、強者の論理に染まったりした」

父が黙りこんだ。わたしの罪の意識を引き受けたいが言葉がない、そんな様子だ。このとき、静かに横に座っていただけの桂城が、断固とした口調で「それは違います」と割って入った。わたしと父、二人の視線が桂城に集まった。

「わたしの家は父がアルコール依存症でしてね。ですからこの件については、人よりは言えることがあると思います。確かに、依存症には発端となる原因があるかもしれない。でもそれ以前に、アルコール依存症は治療を必要とする病です。いいですか、病なんです。お二人はどちらも悪くない。ただ、病と病があっただけです」

そもそも、と桂城が人差し指を立てた。

「梨沙さん自身がストリーミングTVで話しています。ニュータウンは神戸連続児童殺傷事件の原因ではないし、人は犯人探しが大好きで納得したがるものだと。でも本当は、そういう簡単な答えなんてないと。わたしは――」

いったん、桂城が言葉を止めた。しゃべりすぎたことを恥じているかのような、そういう表情を垣間見せる。彼は目をそむけると、軽く頭を掻いた。

「わたしは、あのときあれを聞いて救われた思いがしたのです。だからこそ、警護の話が出たときに手をあげました。いいですか。梨沙さんが、そんな悲しい考えにとらわれる必要などないのです。そんな簡単な答えで、ご自分のことを責めてはいけません」

「……かもな」

ぼそりと、父がそれに応える。ぼんやりとこんなことを思った。それでもたぶん、わたしは反省する必要がある。同時に、桂城が言うように病だと割り切ってしまう必要もあるのだろう。わたしや父は、悲しみとの距離の取りかたが下手すぎるのだ。

*

わたしはふたたびもとの暮らしへ戻った。メディアに出たりせず、空調の効いた部屋で相場と向きあういつもの日々に。プロフィールの「クリプトクリドゥス所属。社会の敵」はやめにして、「トレーダー、プログラミングも少し。為替、ゴールド、暗号通貨」に戻した。

月に一度、カウンセラーのSさんに話を聞いてもらう。

輪ゴムはまた左手のもとの位置におさまった。一度思い立って、障害者福祉施設のボランティアに参加してみたが、集団になじめなくてやめた。何事もやりすぎはよくない。ときおり、VRゴーグルをつけてクリプトクリドゥスにログインする。

あいかわらず古参のメンバーは誰もいない。メッセージも来ていないようだった。バーを模した十二番ワールドでは、おそらく年輩と思われるアナキストたちが一九八〇年代の日本のロックを歌っていた。世間はすでにクリプトクリドゥスを忘れつつある。戻ってきてもいいはずなのに、皆、どこへ消えてしまったのだろうか。

社会からの攻撃が、よほどこたえたのか。皆、口先は勇ましくても過敏で繊細だった。だからそれは、おおいにありえることだ。あるいは、レゴラスたちにとってはいっときの遊びにすぎず、崩された積み木には興味がないということか。一番ありそうなのは、単純に離散し、個々が別々のコミュニティに吸収されたというものだ。

夢を見ていただけ。そう感じられるときもある。

いずれにせよクリプトクリドゥスはまったく別物になってしまったので、わたしは皆が戻る場所として別の分散型自律組織を作ることにした。とはいえ、同じようなものを作るには、ブロックチェーンや自動契約プログラム、NFTなど要素技術が多すぎる。3Dのワールドを作るのも手間だ。そこできわめてシンプルな、テキストオンリーの、骨組みだけの分散型自律組織を作ってみることにした。それでももし人が来るならば、拡張していこうというわけだ。

しかし直感的には、おそらくは離散したままで、ふたたび集まることはないと思える。いわばあれは、季節のようなものであったのではないか。レゴラスを中心に、いっとき皆のうちに高まり、そして消えていった政治の季節。

絶対に不具合があってはならない自動契約プログラムの類いは、わたしの手にある。そこで渋谷のソフトハウスに外注して、品質管理《QC》とデバッグを頼んだ。夏の日、わたしは打ちあわせのために先方の事務所に出向くことになった。

ハチ公口を出て、スマートフォンで地図を見ながらスクランブル交差点に出る。垂れる汗にハンカチを押しあてた。寝不足で、聴覚が異様に冴えていた。雑踏のざわめきがざわめきとして聞こえず、皆の話やつぶやき、電話の内容や赤ん坊の泣き声などが個別に押し寄せてくる。その声の束のなか、わたしは確かにそれを聞いた。

——ここに政府はない。

——貿易はない。国境はない。規制はない。

わたしは一瞬凍りつき、それからきょろきょろと見回して誰がそれを言っているのか見極めようとした。が、聴覚だけ冴えたところで、どのみち人が多すぎてわからない。そこにさらにいろんな人がいろんなことを話すものだから、誰がそれを言ったのかは皆目見当がつかなかった。立ち止まると、余計に日差しが強く汗が出るように感じられた。苦笑し、わたしは視線をスマートフォンの地図に落とした。

主要参考文献

『エンジニアのためのWeb3開発入門——イーサリアム・NFT・DAOによるブロックチェーンWebアプリ開発』愛敬真生、小泉信也、染谷直希、インプレス（2024）／「ブロックチェーンを用いた金融取引のプライバシー保護と追跡可能性に関する調査研究」金融庁、三菱総合研究所（2019）／『Short Coding――職人達の技法』Ozy 著、やねうらお監修、毎日コミュニケーションズ（2007）／「サイバーパンクの90年代的展開」（『S-Fマガジン』一九九九年六月号内特集）早川書房（1999）／「ニール・スティーヴンスン――暗号化するフィクション」（『ユリイカ』二〇〇二年十月号内特集）青土社（2002）／『木曜の男』G・K・チェスタトン著、吉田健一訳、東京創元社（1960）

作中のクリプトクリドゥスおよびそのシステムはすべて筆者の想像によるもので、よりしっかりとした体制を持つ自助グループはほかに存在します。

偽の過去、偽の未来

Pseudopast and Pseudofuture

リビングのソファに仰向けになり、何気なく窓に目を向けた。

空き巣避けの鉄格子の向こうに、夏のブルックリンの空が広がっている。空調のうなりとともに、タン、タン、と音がするのはミシェルが叩くコモドール64のキーボードだ。犬がしゃっくりでもするみたいに、外付けのディスクドライブが動き出し、やがてタイトル画面が起動するのがわかった。身を起こすと、空の残像がディスプレイと重なる。

――指輪物語、第一巻。

BGMは単音で、画面は黒背景に白一色のみ。装いがシンプルなのは、父が日曜を使って手作りしたゲームで、制作に費やせる時間が少なかったからだ。それでも、不思議とホビットのフロドになりきって、中つ国《ミドル・アース》を冒険している気にさせてくれる。わざわざ作ろうと思ったのは、市販の『指輪物語』のゲームが気に入らず、もっとRPG風のものを遊びたいと思ったからだそうだ。

ちなみに、わたしは男の子であったらアタリと名づけられていたらしい。

父についての説明は、これで充分だろう。

ミシェルは同じクラスで、得意科目は算数。前に遊びに来た彼女が、ふとした拍子にこのゲームのバグを見つけ、以来父に気に入られ、しばしば学校帰りに二人で父のゲームを遊ぶようになった。ていよくデバッグの手伝いをさせられていたとも言える。でも、そんなことはかまわなかった。わたしたちは、そうすることが楽しかったから。

そのうちに、階段を登ってくる足音がした。あれは父だ。玄関の二つの鍵が回り、仕事帰りの父が顔を出した。ミシェルの姿を見て、やあ、いらっしゃい、と温和に言う。帰宅は、だいたい母よりもエンジニアの父が先。自慢の服飾デザイナーの母は、もう少し遅い時間に、スーパーマーケットで買ったTVディナーとともに帰ってくる。それでもわたしは言う。

――おかえりなさい、少し遅かった?

返事はお決まりのもの。

――魔法使いはけっして遅れないぞ、フロド・バギンズ。早すぎることもない。

事実、父はわたしにとって魔法使いだった。このゲーム一つ取っても、どうやって動いているのか見当もつかない。父がわたしに見せてくれたもの、それは一言であらわすならば、未来だった。たった二色の画面には、けれども、来たるべき世界の息吹と脈動があった。

その後、わたしは情報工学を学び、学部から博士卒まで丸九年をかけた。ポストドクターになったころ、両親はすでに離婚していて、わたしは父に育てられることになっていた。一方、ミシェルは飛び級をくりかえし、わたしが高校一年のときにマサチューセッツ工科《MIT》大学入りした。それはもう、リーマン予想でも証明する気なのかってくらいの勢いで。もっとも彼女はそうはせず、わずか二年で学部を出ると、クイーンズの一角にソフトハウスを立ち上げ、あっさり会社を軌道に乗せた。

　こんな運命の妙があり、できの悪いはずのわたしのほうが研究職に就いた。

　テーマは現代貨幣理論と暗号通貨。このために、並行して経済学の学位も取った。「アカデミズムの宝くじ」を運よくひき当て、イリノイ州立大学の助教授になったのが三十五歳のとき。これを機に、アーリーリタイアを決めこんだ父とともにブルーミントンの町外れに居を求めた。

　いざ引退となった父は実にのびのびと人生をエンジョイしはじめた。まず古いスクールバスをどこかから買い入れると、それを庭に置き、電気をひき入れて自分の秘密基地とした。コモドール64を中心に古いコンピュータやゲーム機を配置し、いったいどこで仲よくなったのか、週末には同世代の仲間を集めてダンジョンズ&ドラゴンズのテーブルトークRPGに興じながらジョイントをふかすようになった。

　たまに近所から苦情が来て、そのときはしょんぼりしてみせるものの、翌日にはけろりとしている。

かくして、わたしは書斎の窓際に机を置き、ときおり外の黄色いバスから「ファイアボール！」などと呪文が聞こえてくるなか、論文を書くようになった。幸い、これまでの論文の参照数も悪くない。でも本当のところ、わたしが想定している読者はたった一人、ミシェルだった。ミシェルの目に触れると考えると、手を抜けないと思えてくる。事実、彼女は会社を回す立場にありながら、ときおり気まぐれにわたしの論文を読み、驚くほど的確な意見をメールしてくれたりもした。アカデミズムに飽きたらうちで働けとも言われた。

イリノイに来たわたしが着手したのは、資源配分などをめぐる複雑な合意《コンセンサス》の形成に暗号通貨を用いることだった。さしあたってモデルに選んだのは、カスピ海の油田採掘事業だ。歴史的には、この事業は沿岸五ヵ国がそれぞれに採掘権を主張したのち、うやむやのうちに配分が決まった。こうした合意の形成を、もう少し簡易かつフェアに実行できないかということだ。

具体的には、原油のロットごとに独自の暗号通貨のトークンを紐づける――と、このあたりは、呪文だとでも思ってくれればいい。ファイアボールみたいなものだ。トークンが作られたのちは、ブロックチェーンで承認される過程で、ゲーム理論にもとづいて所有権の配分が決まる。これを暗号通貨のスマートコントラクトにちなんで、スマートコンセンサスと名づける。

このために、コンセンサス指向言語なるものも開発することにした。厄介なのは、コンパイラの開発だ。世界中のマシンパワーを食うことを想定すると、性能はよければよいほどいい。だからこれは、開発過程からオープンにGitHubに公開してしまう。課題やわからないところを課題として公開すると、誰かが解決策をアドバイスしてくれる。もっとも、アドバイスの七割ほどは同じ人物のアカウントによるものだった。わたしは、ときおりそれがミシェルの手によるものではないかと夢想した。少なくとも、そうであったら嬉しい。――呪文はここまで。

父はというと、あいかわらず秘密基地のスクールバスにこもってレトロゲームを遊んだり、酒を呑んでそのまま寝てしまったりだった。毛布をかけてやりにバスに入ると、まず煙たさに閉口する。何より、ここに未来はない。けれど、過去にこもる父を責める気にはなれなかった。

母が再婚をしたのだ。相手は気鋭の生物学者。実のところ、これが父をスクールバス購入に踏み切らせたきっかけだった。わたしとしては、母の新たな門出を祝福したい。でもこの一件が、父の劣等感を刺激しただろうことも容易に想像できた。幾度も補修されたコモドール64の外付けディスクドライブの裏には、いまも小さな箱が隠されている。結婚指輪だ。父にとって、母はまだ「いとしいしと《my precious》」であったようなのだ。

翌朝デスクで目を覚ますと、今度はわたしに毛布がかけられ、父が庭で栽培したとうもろこしが茹でて皿に置かれていた。なんだか童話に出てくる動物のお礼みたいだ。

スマートコンセンサスの研究は、狭いモデル内で一定の成果を挙げた。正直に打ち明けると、着実に成果を出すためのものと割り切った研究だ。ところが、これがメディアで取り上げられ、未来志向の研究者として駆り出されることが増えた。分断が次々と可視化される世界で、わたしの通貨は銀の弾丸であるかのように見なされたようだった。

まるで未来学者のように扱われ、実際、未来予測も求められた。わたしは誠実にそれに応えようとしたが、徐々に、嚙みあわないと感じるようになった。研究に専念したいというのもある。けれどそれ以上に、世を見れば無数の新技術があり、こちらが咀嚼するよりも早く新たな技術がプッシュされてくる。あげく、未来はカオスという雲の向こうにある。気がつけばわたしは情報に押しつぶされ、身動きが取れなくなっていた。

助けてほしかった。とりわけ、かつて未来を見せてくれた父に。でもその父は、ジョイントで脳を煙らせ、過去のなかにいる。わたしは本来の研究も滞らせ、そして何より、未来を見失った。かつて父が見せてくれたような、次の世代に託すべきものを。

ミシェルを思うと恥ずかしかった。自分のこんな姿を、彼女には見せたくはない。

わたしの様子がおかしいことに勘づいた父が、珍しく苦言を呈してきた。控え目な口調ではあったものの、それはつまるところ、暗号通貨などという怪しい新宗教から手をひいたらどうか、というものだった。つい、わたしはかっとなってやりかえしてしまった。過去という病に蝕まれた父さんなんかに言われたくない。ノスタルジーの先に、死のほかに何があるのか、と。

父はというと、寂しげにこんなことを漏らしたのみだった。

「……俺は希望的な言葉を述べたかもしれない。でも、希望は勝利とは違う」

結果――わたしは、投げた。偽の予言者を演じるのをやめ、休暇を取って書斎にひきこもった。何もせず、情報を断ち、庭を訪れる小鳥なんかを眺めた。そのうちに思い至った。確かに、過去という病はある。しかし、同じくして未来という病もあるのだ。

それから、研究者の本能か、ぽつぽつと自分のコンセンサス指向言語の改良に取りかかるようになった。途中、こんなことを思った。わたしは自分のキャリアのためにある程度無難な題材を選んだつもりだった。そうではなかった。ここには心からの声があった。わたしは、父と母にこそ、合意と和解をしてほしかったのだ。

いつのまにか累積していた皆のイシューに応じ、自分でも新たなイシューを立ち上げる。ここでまた、いつものあのアカウントから応答があった。そこには具体的な解決策とともに、おまけとして、最後にこんな一言が加えられていた。

――どのような代に生まれるかは、決められないことだ。

――決めるべきことは、与えられた時代にどう対処するかだ。

あの魔法使い、ガンダルフの言葉だ。

すぐにわかった。これまでわたしのイシューに答えてくれていたのは、父だったのだ。

それからだ。思わぬ形で、わたしの研究は現実に染み出していった。ミシェルの会社がわたしの暗号通貨を取り上げ、実験的に、漁業への応用に取りかかった。収穫をトークン化し、スマートコンセンサスで絶滅危惧種《レッド・リスト》なども考慮し、持続可能な漁業を成立させようとするものらしい。国をまたいだ導入を促すために、買い手側にもインセンティブをつける。

うまくいくかはわからないけれど、ミシェルの実験は大きく取り上げられた。とにもかくにも、現実においてそれは動き出し、投資され、それにともないミシェルの会社も大きくなっていった。

そのころ、わたしはスクールバスを訪ねて父の仲間たちに交じり、テーブルトークRPGを教えてもらった。煙たいのだけは困りものだけれど、やってみると案外に面白い。

「俺の時代は終わったんだよ」

ダイスを振りながら、父が片目をつむらせてそんなことを言う。そのわりに、指輪はまだ火山に捨ててはいないようだ。でもそれは仕方がない。わたしとて、無欲で勇敢なフロドのようにはなれない。魔法使いでもない。ただ、現在と向きあうのみだ。

結果、未来の創造につながればいいけれど、別にそうならなくてもかまわない。

ローパス・フィルター

Low-pass Filter

結城佳宏《ゆうきよしひろ》の名を挙げたとしても、おそらくほとんどの相手は首を傾げるのではないかと思う。そこで試みにヒントを出す。結城は、とあるアプリケーションの開発者であったと。反応は変わらない。だから答えをいう。結城は、ロ－パス・フィルターを作ったその人なのだと。

ここで反応が分かれる。

聞き知っている者は、ここで「ああ」と納得するだろう。身に覚えがあれば、気まずそうに口角を歪めるかもしれない。存在自体を知らない人は、ある意味では幸福だ。あるいは、何もあえていま蒸し返すこともないではないかという向きもあるかもしれない。

確かに、いまこのことを振り返るのには心理的な抵抗がある。

運用されていた当時からして、大勢が実際に活用しながらも、ばつの悪さから、それを使っていることをみずから明かす者は少なかった。事件の後味も、悪いものである。それそうかといって、あの社会実験とも呼べそうな現象をなかったことにするのには、それ以上の抵抗を感じるのだ。

まずは、アプリをめぐる誤解や都市伝説の類いをいったん整理しておきたいと思う。

それは合法であったのか。

むろんそうであったし、だからこそ、いまは削除されたもののスマートフォンなどの公式ストアにも白昼堂々と並んでいた。では、そこに倫理的な問題はあったのか。あった。ローパス・フィルターが、無視できない倫理面の課題を孕んでいたのは明白だ。

念のため附記しておくと、ローパス・フィルターとはより大きなアプリの一機能であり、単体で売られていたわけではない。それは「穏やかに呟け《TweetCalm》」と称したＳＮＳ用アプリの機能の一つにすぎなかった。制作元にはNaloodSoftwareと法人名が記載されていたのみで、結城自身も匿名を望んだので、名が広く知られていないのはそのためだと考えられる。

それは画期的なアプリであったのか？

画期的であった、といい切ってしまうことは憚られる。かわりに数字を挙げておこう。TweetCalmはその最盛期において、当該ＳＮＳユーザーのおよそ四割強が使っていたとされる。

では、そこに驚異的な新技術はあったか？

意見の分かれる点だ。結城自身は、小学生でも作れるようなものだと公言していた。ほかにも、必ずしも技術的に新奇なものではなかったと口にするエンジニアは多い。とはいえ実際は深層学習《ディープラーニング》といった人工知能の分野にもかかわるため、たとえば、最低限の行列計算の知識が求められる。行列は、いまや高校数学でも縮小させられた領域だ。したがって小学生でも作れるというのは、少なくとも常識的な見解とはいえない。事実、わたしには無理である。結城の技術者としての謙虚さがそういわせたのか、あるいは独特の韜晦や露悪であったのか、そうでなければ広告効果を狙って発言されたものだろうと思われる。

アプリが大量の自死者を生み出したというのは本当か？

ウェブでは五万、十万といった数字が散見される。これは明確にデマであると断定できる。自殺者数の推移を見ても、アプリが運用されていた時期は、例年よりわずかに多いにすぎない。

すると被害者はいなかったのか。否。わたしは自殺者の家族と会い、実際に話を伺った。それでは、アプリの孕む呪いめいたものにより、十名以上の開発者が自死したというのは本当か。これはデマだ。アプリは多人数で開発されたものではなかった。

自死した開発者は、たった一人でアプリを制作した結城佳宏のみである。

「絵を描くのが好きな娘だったんですよ、ただもう、本当にそれだけで……」

そうわたしに語ってくれたのは、件のアプリによって自死に追いこまれたという〝絵師〟Kの母親である。わたしが被害者遺族の話を聞いてみたいとウェブで募ったとき、最初にメッセージを送ってくれたのが彼女であった。

母親が指定したのは三鷹駅近くの喫茶店で、そこでまずKの子供時代を聞かされた。いわく、発達に凹凸があり、言葉を話すようになるまでが遅かった。いわく、小さなころから絵を描くのが上手で、それが自慢だった。

「専門学校を出てからは、広告のアートワークを手がけるようになりました。もっとも、勤めていたのは下請けの会社で、発注していたのは――」ここで彼女が口にしたのは、日本人なら誰もが知るような広告代理店の名だ。「とにかく、職場環境が悪かったみたいで……。定時に帰ってくる日はまずなくて、ブラック企業、っていうのでしょうか。何度も辞めろといったのですが」

超過労働からKは体調を崩し、それから生涯つきあうこととなる鬱病を発症した。

そんな彼女にも、心落ち着かせられる居場所があった。それがSNSである。彼女はときおり時間を見ては、有名なキャラクターなどの絵をアレンジして発表するようになった。もとより絵心はあり、そして広告の技法も身につけている。

ときには、二桁や三桁の「いいね」がつくこともあった。

ところがある日を境に、その数が目に見えて減っていった。周囲の者たちがローパス・フィルターを導入しはじめた結果、Kはフィルターによって排除される側となったということらしい。

「そのころからです、はっきりと娘が口にしはじめたのは。つまり、その……」

母親が言い淀み、そこで言葉が切られたが、そのときKが何をいったのかは母親の口の動きや顔つきから想像がついてしまった。死にたい——。あるいは、それに類することだろう。

わたしは押し黙り、母親が先をつづけるのを待った。

「無理に休みをとらせて、心療内科につれていきました。仕事も辞めさせた。ただ、そのことがよかったのかどうか。もしかすると、余計なことをしてしまったのかも……」

絵に対する反応は、ほぼ一桁に落ちこんだ。

そのような周囲の反応などどうでもよいという人もいるだろう。が、少なくともわたしにはそうは口にできない。本当に心疲れたとき、たった一つの「いいね」に救われたことは、わたしにもある。

「ドアノブとタオルでした」

一瞬、何をいわれたのかわからなかった。Kの、具体的な自死の状況だ。それから、わたしはKが残したという遺書を見せてもらった。そこには、確かに彼女があのアプリの被害者であったと端的にわかる一行があった。

——ローパス・フィルターはわたしからすべてを奪った。

「やはり、アプリの開発者を憎みますか」

「まったく憎まないといえば嘘になります。それよりも、二桁三桁の〝いいね〟をつけた人たちを憎むこともあります。彼らが娘の承認欲求に火をつけた。ただ、正直に答えるなら、わたしにはわかる気がしてしまうんです」

「わかる気がする、とは？」

このとき、しばし不可解な間があった。

「母親がいうべきでない言葉というのがあります」

これはすぐに腑に落ちた。が、わたしは少しだけ考えてから、心を殺して惚《とぼ》けた。

「どうも、ぴんと来ないのですが……」

「わたし自身、娘の相手をするのは途中から地獄のようなものでした。まして、赤の他人だったら……」

時間が来た。

口のつけられなかったコーヒーが乾き、カップのなかに茶色の円を作っていた。


――実際、皆さんだって嫌気が差しているんでしょう？

――嫌気といいますと？

――常にどこかの誰かが炎上している。それについて、過激な意見ばかりが流れてくる。政治の話題も、拡散されるのは扇情的な極左や極右のつぶやきばかり。落ち着いた意見なんかすっかり埋もれてしまって、見つけられやしない。もう、猫の画像でも見てるしかないでしょ。

これは「穏やかに呟け《TweetCalm》」が流行しはじめたころに公開された、アプリの開発者に対するウェブインタビューだ。結城はこれに匿名で応じている。

TweetCalm は一言でいってしまえば、当時大きなシェアを誇っていたSNSに接続するためのアプリだ。ローパス・フィルターは、そのなかの一機能ということになる。スマートフォンからPCまで幅広く対応し、細かい設定をしたいユーザーのみ、百円を支払う仕組みであった。

――わかります。

――でも、社会から目をそむけて猫ばかり見るってのも、なんだか不毛でしょう?

――それがアプリの開発につながったと?

――その通り。TweetCalm は過激なばかりの意見や扇情的なつぶやきを、すべて表示させない。そんなものに心乱されるのは誰だって嫌でしょう? だから、本来あるべき日常の景色や落ち着いた議論をとり戻す。もうこれ以上、生産性のない連中の意見に耳を貸す必要はない。

傍点部はわたしの手による。この最後の一言をどう解釈するかが、波紋を呼んだからだ。

単なる一技術者の毒舌にすぎないと見ることはできる。しかしTweetCalmには、というより目玉機能のローパス・フィルターには、その公開当時から暗い噂があった。

――ちなみに、ローパス・フィルターというのは、本来だったら電子回路とか音楽とかでよく使われる用語でね。

――詳しくお話しいただけますか。

――音楽を例に簡単に説明してしまうなら、要するに、高い音をカットして低音のみを残す技術を指す。高い音というのは、波形的にはぎざぎざした高周波成分になる。これにローパス・フィルターをかけると、高周波成分が除去されて、ゆるやかな低音部が残されることになる。

――つまり、過激な意見が消えるということですか。

――あくまで比喩だから、その点は注意してほしい。それから、フィルターを外して皆の自由な意見を見ることもできる。選択はユーザーに委ねられているということだ。

――ところで、このアプリについての噂なのですが……。

――ディープラーニングの学習方法などについては、企業秘密ということで。ただ、噂については一応否定しておく。しょせん、小学生でもできるプログラムだ――。

噂とはこういうものである。

結城のアプリは、厳密には、過激な意見や扇情的な発言を消去するものではないというのだ。そうでなく、精神疾患を持つ者を自動検出して、彼らを非表示にしているのではないか。

つまり、過激な意見や扇情的な発言が見えなくなるのは、その結果にすぎないのだと。

すると何が問題か。

倫理面の問題が生じる。いまや、SNSは個々が発信するための重要なチャンネルだ。それが、精神疾患を抱えているというだけで発言が誰にも見えなくなってしまったらどうなるか。いわば、社会的に抹消されることを意味しかねない。

かつてナチスは、精神障害者を〝生きるに値しない命〟としてガス室に送った。ユダヤ人たちがガス室に送られた、それよりも二年前のことだ。きっかけを作ったのは、アルフレート・ホッヘという精神科医である。第一次大戦で若者が死ぬ一方で、精神病者が手厚い保護を受けることに、どのような意味があるのかとホッヘは問うた。

――わがドイツ人に課せられた長期の任務、それは全ドイツ人の可能性を統合して最高度にまで高めること、つまり、生産的な目的のために各人の持てる力を拠出することである。

生産的ではない人間。

ナチスが定義するところの〝価値なき者〟――結城の一言にはこうした優生思想のごときものが背後にあり、それがふとした拍子に漏れ出たのではないか。そう考えた者は、少なくなかった。だから、結城のあの一言が波紋を呼んだのだ。

しかしこの段階では邪推にすぎないし、結城の意見には頷ける箇所もあるのだ。

実際に、TweetCalm は人々に必要とされていた。噂があるために誰もおおやけには賞賛せず、強く推す者もないまま、しかし静かにこのアプリは利用者を増やしていった。

わたし自身、ウェブを覆う野蛮には思うところがある。スマートフォンを使い、常時ウェブを使うわたしにとって、SNSはいわばライフラインだ。

けれどその水道には、沈鬱な黒い毒が流れている。

たとえば、わたしには冴樹《さえき》という友人がいる。彼は沖縄の歴史についてのデマを指摘するアカウントを持っており、年下ながらにわたしは尊敬していた。しかし内容が内容なので、ことあるごとに歴史修正主義者とやりあってもいた。その筋では嫌われていた人間の一人だ。

その冴樹があるとき、本職がテレビ局のディレクターであると露見した。

そこからは、おなじみの魔女狩りだ。冴樹は静かにウェブから姿を消した。彼の発言内容は、職分を考えれば確かに迂闊であったかもしれない。しかし、ウェブから彼という存在を消すほどのことがあったのだろうかと、いまもたまに思う。

たとえほとんどの人に直接的な害はなくとも、このように知人友人まで含めると、やはりどこかで毒は我がことと関係してくる。一億二千万のうち何千万が使うSNSというのは、そういうことを意味するのだ。

針生《はりう》は喫茶店のテラス席の一角で、薄いノートPCを開いてわたしを待っていた。いまはメーカーで指紋認証や顔認証のシステムに携わっているそうだが、勤務時間外に趣味のプログラムや電子工作を動画共有サイトでシェアするうちに、南米やら東欧やらで人気が出たという妙な人物だ。ときには講演にまで呼ばれたりしており、もはや本人も何が本業かわからないとこぼしている。

大学時代の友人のなかでは、一番の変わり種に違いない。

わたしの顔を見るなり、おう、と大きな声とともに手を振ってくる。わたしはいったん店内に入って「本日のコーヒー」を買い、針生の隣に腰を下ろした。

そもそも、精神疾患の自動判別など、現時点の技術で可能であるのか。

そこでわたしは友人である針生の助けを借り、TweetCalmの解析にかかったのだった。

「アプリの解析《リバース》そのものは終わった」

席につくなり、針生が本題に入った。

「まず、基本はユーザーがSNSに接続するためのアプリ。腕前は一・五流ってところだな。ちなみに、一人で全部作っている。NaloodSoftwareとやらは、実質、この開発者一人だけだ」

「そんなこと、わかるものなのか？」

「わかる。で、おまえが知りたいのは、ローパス・フィルターとやらの正体だったな」

ノートPCの画面にはエディタがいくつか開き、プログラミング言語とおぼしき記号の羅列がある。その一点を針生が指した。

「この箇所が、学習済みの神経回路網《ニューラルネットワーク》との橋渡しをしている」

「学習済みってのは？」

「このプログラムはディープラーニングを使って表示すべきアカウントとそうでないアカウントを振り分けている。が、こうした機械学習は時間がかかるんでな。だから、あらかじめ開発者側で学習を済ませておかないと実用に耐えないものになる」

「振り分ける仕組みはどうなってるんだ？」

「機械的に学習させたものだから、ブラックボックスになっていてわからない。いわば人の脳と同じさ。たとえば、こんな話を聞いたことはないか？　囲碁ＡＩのアルファ碁が、なぜその手を打ったのかは開発者自身にすらわからないと」

「すると、ローパス・フィルターが人を選別する基準は現段階でわからない？」

「そうでもない。まず、おまえの疑問に一つ答えるぞ。精神疾患の自動判別だが、つぶやきといった情報をもとに診断を下す機械学習モデルはとっくに開発されている。だから論文を元に試しに作ってみた」

あまりにしれっと口にするので、つい笑ってしまった。

エンジニアとは、こういうものなのだ。だからこそ、疑ってしまいもする。あるいは結城という開発者も、無邪気な好奇心から、非倫理的なアプリを作ってしまったのではないかと。

「ぶっちゃけ論文に書いてある通りに組むだけで、あとはSNSクライアントとその学習結果を橋渡しするだけ。フォロー対象全員を一度に判別すると時間がかかりすぎるから、少しずつ効果が現れるようにして利用者の負担を減らす必要があるが……。俺なら転送料の課金されないサーバーを使うところだな。ま、小学生でもできる作業だ」

「おまえの小学生時代と一緒にしないでくれ」

「ここから先は、あくまで可能性の話だから鵜呑みにするなよ。俺の作ってみたフィルターと、問題のローパス・フィルターの挙動は、約九十六パーセント一致した。これを誤差と見るか、仕組みが違うと見るか……」

ここでわずかに、針生が迷うのがわかった。

「微妙なところだが、俺の直感では黒かな。しかしよ――」

針生がいったん言葉を区切り、マグカップからコーヒーを啜った。

「なんかこう、同語反復《トートロジー》めいている気もするんだよな」

「何がだ?」

「過激な意見や必要以上に扇情的な発言ってやつは、実際のところ、病んでるんじゃないのかってことだ」

眼前の十一階建てのアパートが夕暮れの空を覆い隠している。

建物は古く、住人が高齢化しているそうで人の気配もあまりない。食材を配達する生協の人間が、台車を押してエレベーターからエレベーターへ移動するばかりだ。たくさんのエレベーターが二部屋ごとに一基、計七基設置されているタイプの建物だから、配達の人間も大変だ。

わたしは駐車場の植えこみに腰を下ろしながら、そのときが来るのを待った。

やがてリュックを背負った三十歳ほどの男が一人、ポストを確認するのが見えた。そのうしろ姿に向けて、わたしは声をかけてみる。

「結城佳宏さんですね」

「なんだ、あんたは」

「TweetCalm の開発者として、お話を聞かせていただけないでしょうか」

「取材なら先にメールをよこしてくれ」

結城はそういってエレベーターのボタンに手を伸ばしたが、そこでふと手を止めた。

「この場所はどうやって?」

「登記を調べさせてもらいました。おそらく、ご自宅で仕事されているだろうと」

「ずいぶん失礼なやつだな」

「はい、申し訳ありません」

普段ならば、わたしとてさすがにアポイントをとるところだ。

ただ今回ばかりは、何か直感が働いて彼のプライベートに割りこませてもらった。

「……世界を変えた技術者の素顔を拝見したく思いました」

これは本音だ。

わたしは針生が解析するより前から、TweetCalmを導入し、試してみた。そして実際に、世界が変わったような感触を味わった。単に極論や罵詈雑言が減ったというだけではない。ある種の静けさ、精神性のようなものが備わったように感じられたのだ。そこに立ち現れた新たなウェブの姿形は、わたしの胸を打つものだった。

また、機械の側が暴力的に人間を選別することもなく、たとえば友人や好きな芸能人など、表示したいアカウントを設定することもできた。その点でTweetCalmは穏当なアプリだといえた。

けれどそれと同時に――結城という男が差別主義者であるという疑念は、まだある。

「大袈裟だ」

ため息をついて、結城が郵便物をポストに戻す。何かの督促状が一通、目についた。

「だが、そんなことをいわれたのもはじめてだな」

わたしは駅前の喫茶店でのインタビューを提案したが、結城がそんなのは面倒だと自宅のアパートにわたしを招き入れた。思わぬ好機だが、心の片隅で期待していたことでもあった。

やってきたエレベーターに二人で乗りこんだ。

ＩＴベンチャーの営業は、エレベーターで乗りあわせた相手に三十秒でプレゼンテーションをするという。それには及ばないが、わたしはエレベーターが着くまでのあいだ、TweetCalm に感じたことをありのまま伝えた。

「アプリのストアについてくるレビューよりはましだな」

結城が口の端を歪めた。

「あいつらは、たった一つのバグで星一つを平気でつけてくるからな……」

十階と十一階のあいだで扉が開く。結城がそこから階段を登り、鉄扉の前に立った。足元の壁際に、いまや誰も使わないだろう牛乳配達用のボックスの扉がある。結城はマグネットキーでドアを開けると、

「どうぞ」

と先にわたしを招き入れた。

２ＤＫの間取りだ。一部屋は同居している母親のもので、もう一部屋を自室兼事務所

にしているとのことだ。ダイニングが荒れているのが少し気にかかる。お母様は仕事ですかと問うと、

「さてね、どこかで飲んでんじゃないのか」

と、なかば捨て鉢な答えが返ってきた。

結城の部屋に入ると、まず壁一面の書架が目に入った。『プログラミング言語C＋＋』『データマイニング』『デジタル信号処理の基礎』『深層学習』『ビューティフルコード』『GPU Gems』……内容は到底理解できないだろうが、それらが技術書であることだけはわかる。

じっと背表紙の並びを見ていると、うしろから突然声をかけられ、どきりとした。

「ナチス関連の本でもあると思ったか？」

「いえ、そういうことでは……」

いったんはそう応えたが、間を置いてから腹を決めた。

「嘘です。もしかしたら、あるかもしれないと考えていました」

「僕は正直者が好きだ」

そういって、結城が鷹揚に笑った。

「うちは暮らしが苦しくてね。あのアプリのおかげで、やっと生活保護を抜け出せた」

「いいのですか、そんな話をして」

「事実は事実だ。そして、技術書を壁一面に飾るのが夢だった。やっと叶ったわけだ」

机の前には、大きな肘かけつきの椅子がある。

床にデスクトップPCが置かれ、机にはディスプレイが二台並べられている。意外であったのは、デスクトップの筐体の上、机の陰になるところに、ベンヤミンやフロム、アドルノ、ハーバーマスといった人文系の本が積まれていたことだ。

「ああ、それね」

なぜだかばつが悪そうに、結城が首筋をかいた。

「書架を技術書一色にしたら、置き場がなくなっちまって。昔読んだ好きな本だ」

いったんわたしを部屋に上げたあとの結城は人懐っこかった。

こちらがまごまごしていると、「開発風景でも撮るか?」とPCの電源を入れ、いかにもそれらしい開発環境のウインドウをいくつも開き、椅子につく。せっかくなので、好意に甘えてスマートフォンで写真を撮らせてもらった。

それからわたしのほうも、ぽつりぽつりと質問をすることができた。

ウェブのインタビューから、わたしは慎重な性格を想像していた。ところが根がオープンであるのか、結城はこちらが驚くほどなんでもしゃべり、話しにくいようなことも進んで話した。

――子供のころは家が貧しく、叔父が買ってくれたPCでプログラミングをするのが趣味だった。

――卒業文集のアンケートで「オタクだと思う人」の一位になり、深く傷つけられた。

――高校を出たあとはソフトハウスの門を叩き、ビジネスアプリの開発に携わった。

――給料は手取りで十七万ほど。それでも、悪い会社ではなかった。

――が、そのころからプライベートが忙しくなり、辞めざるをえなくなってしまった。

「プライベートというのは？」

わたしが訊ねたところで、どん、どんと強くドアをノックする音がした。しばしの間を置いて、また、どん、と音がする。結城がわずかに目をすがめ、息を吐くのがわかった。その彼が声をはりあげる。

「開いてるよ、母さん」

「なんだよ佳宏、いるんなら出迎えてよね」

がちゃりというノブの音とともに、女性の掠れた声が響いた。

「お母さん、寂しいじゃないのよ」

「どうせまた飲んできたんだろ」

「ええ、そうとも。お酒、誰かさんが隠しちゃうんだからね。駅前の〈明神丸〉に行ってきたところ。ああもう、やんなっちゃう。代金はあんたにつけといたからね」

これが、プライベートとやらの正体だろうか。

結城の母は客が来ていることに気づく素振りもなく、そのまま自室に籠もったのだろう、ばたん、とドアの閉まる音がした。結城が軽く首を振って、

「いっときは、断酒のための匿名会へ行ったりもしていたようだが……」

結城の母がアルコール依存症になったのは、結城がソフトハウスに就職してから。それまでパートで働いていたのが、ストレスから徐々に酒量が増え、ある時期を境に、急に足を踏み外しでもするように依存症を深めていったのだという。

あるときは酔ってエレベーター前の階段で転び、足を折って救急車を呼ぶ。またあるときは干した布団を叩く音が大きいと向かいの部屋に乗りこんで大喧嘩をはじめる。そのたび結城は私用外出申請を出し、母のフォローに回ったのだが、おのずとプロジェクトのほうに支障をきたした。

——結城くん、すまないのだが……。

と部長に肩を叩かれたのが、五年前のこと。退職金や失業保険が切れてからは生活保護で食いつないでいたが、その金も油断すると酒代に消えてしまう。わけもなく母に罵られる。仕事もなく、母のアルコール依存症もいっこうに改善しない。出口の見えない日々だったという。

「できることなら」

結城が力なく笑ったのが、わたしには印象的だった。

「この世界そのものに、僕はローパス・フィルターをかけてしまいたいよ」

結城から聞いた話をどうまとめるか思案しているうちにも、TweetCalm のユーザー数は増えていった。それだけ、結城の作ったアプリが必要とされていたともいえる。

むろん、過激な意見や扇情的な発言を好む層はあったろう。しかしより多くの人間は、時間ばかりを吸いとられ、しかも心をざらつかせるオピニオンの洪水に疲れはてていた。

かくいうわたしがそうだ。

なるべく多様な意見を目にしようと、主義や信条の異なるアカウントもフォローするのだが、そのせいで勝手に傷つき、疲れはててしまうことも多々あった。深淵を覗いて覗き返されるくらいならいい。そうでなく、社会ごときに覗き返され、気がつけば微温的に倦んでくる。それは、わたしの本意とするところではなかった。

アプリが広まるにつれ、噂もまた加速度的に流布していった。というよりも、ほぼ事実であるかのようにそれは語られた。だから皆、一抹の罪悪感とともにこっそりとアプリを使った。

口さがない者たちは、このアプリを端的に「メンヘラ・フィルター」などと称した。この用語はメンタルヘルスに問題を抱える者、つまりは精神科領域の患者の呼称――多くの場合は蔑称だ。そして実際、自分がフィルターされる対象となったとする患者の報告も多くあがっていた。

――僕が社会的に消されようとしている。

――仕事がなくなる。ローパス・フィルターは文化の敵だ。

〝病者によるエンターテインメント〟を掲げ、鬱病やパーソナリティ障害といった患者のバンドやシェアハウスを企画していたTなどは、こんなつぶやきを生前に残している。

アプリのユーザー数が増えるにつれ、五万十万といった人数は都市伝説であったにせよ、それでも自死者は増えた。そのなかには、Tのように結城のアプリへの恨み節を残して死んだ者も多くいる。

結城のアプリが、人を殺したことは確かなのだ。

が、わたしの目に、結城は理性を持つ人物として映った。「日常の景色や落ち着いた議論をとり戻す」とする彼の主張も理解できる。だがそれは、病に苦しむ者を隔離し、犠牲とする野蛮な手段でもあった。

状況が進展するほどに、わたしのなかで疑問は膨らんでいった。

――なぜ結城は、このようなアプリケーションを作るに至ったのか?

――なぜ結城という一個の知性が、しかしこのような野蛮を生み出すに至ったのか?

実のところ、わたしとTはまったく接点がないわけではなかった。

というのも、幾度かSNS経由でメッセージを受けとり、一緒に仕事をしないかと誘いを受けたことがあったのだ。もっとも、Tは手当たり次第にこうした依頼をほうぼうに出していたようなので、その意味では、大勢がTと接点を持っていたともいえる。

わたし自身は、Tの依頼を断った一人だ。相手の押しが強く、腰がひけたというのが理由なのだが、Tが自死したと聞いてからは、会っておけばよかったと後悔がよぎった。

件の冴樹がたまたまTを知っていたので、メッセンジャーで詳細を訊ねてみた。

——Tの件、あれって本当?

——僕は葬式にも行ったよ。このごろ落ち着いてきたように見えてただけに残念だ。

——原因はあのアプリか?

——遺書がなかったそうだ。だから、つぶやきから想像するしかない。僕は前のアカウントは消したが、気になる相手はいまもときおり見ているからな。それでいうなら、Tは明らかにローパス・フィルターの存在によって困窮していた。

——もっとTと親しかった人はいるか?

——恋人とは会って話した。でも、ショックが大きいだろうからきみに紹介はしない。

いったん話題が変わり、わたしたちは最新のニュースのことなどについて少しばかり意見を交わした。それから一周回ったように、またローパス・フィルターの話に戻った。

——実はわたしもフィルターを使ってる。ときおり外すことはもちろんあるけれど。

――試してみたことならある。

――喧嘩腰の政治家とか暴論だらけの政治アカウントとかが出てこなくなるのはまあいいとして、ミュージシャンや小説家といったアーティストが、だいぶ見えなくなってきたと思わないか。

――ああ、思った。でも、落ち着いて考えるとなんの問題もなくない？

――なんだか身も蓋もないな。

――もとより、アーティストなんてSNSには一番向かないような職業だろ。病んでいる人間もまた然り、ということはいえるかもしれない。

Tには独特の魅力があったが、うしろ暗いところもないわけではなかった。いいこともしたし、悪いこともした。が、それだけだ。畢竟、どこにでもいそうな一人の人間であった。それが社会的にオミットされ、自死に追いこまれる理由などないし、あってはならない。

それからも、わたしたちはときおりTの話をした。

――なぜ、ローパス・フィルターごときで命を落とす？　こういってはなんだが、しょせんウェブでの出来事じゃないか。

わたしの疑問への冴樹の答えはこうだった。

――人は、自分が誰かに見られていると妄想することはたやすい。が、その逆に見られていないと想像することが存外に難しい。そのあたりに、なんらかの不協和が生じるんじゃないか。

——ふむ。

——ウェブはしょせん、百万倍に薄められたアウシュヴィッツのようなものさ。それでも、六人が死ぬ。希釈に希釈を重ね、けれど、そこにはやはり毒がある。

アカウントを消した冴樹は、元から覚悟のことだとさっぱりしたものであったが、それにしても、かつて起きた冴樹への吊し上げはわたしの心を痛めた。不毛な論争や、終わらないポジショントークとマウンティング。どうにもやりきれないのは、そうした人たちがみずからの正義を、もっというならみずからの啓蒙を、かたくなに信じて疑わないことであった。

そうこうしているうちにも、また別のアプリが生まれた。

なんといっても、都合の悪いことをなんでも政治のせいにしたい層や、あるいは都合の悪いことをなんでもメディアのせいにしたい層にとって、自分たちの勇ましい意見をことごとくないがしろにする結城の TweetCalm は望ましくない。

ここで奇妙な連帯が生まれた。

オープンソースによって、ハイパス・フィルターなる逆の機能のアプリが彼らによって開発されたのだ。が、それも広く普及するには至らなかった。

TweetCalm自体が、アップデートによって利便性を増していったのも大きい。

このころの大きな変更点に、ユーザーの顔認識と疲れの判定がある。結城はスマートフォンのカメラを利用してユーザーの表情を測定し、疲れが激しいようであればローパス・フィルターを強化し、逆に元気そうであればもう少し過激な意見も見られるシステムを採用した。

ユーザーはこの機能を使わないこともできたが、実際には大勢が利用した。

不思議なもので、人間は基本的に見たいものしか見ない。ところが、見たいものしか見えないとあらかじめわかっている場合においては、逆にその外側が気になることもあるようなのだ。

また、ユーザー側もフィルターの網にかからないよう、たとえば精神科の患者であっても、そう見えないよう装う技術が発達した。そして見る側としても、区別がつかない以上特に不都合はなかった。興味深いのは、フィルター逃れによって症状が寛解した患者まで現れたことだ。

そして結城のアプリの側も、フィルター逃れを追及すべくアップデートをした。

結城とは強権的なディストピアをもたらす暴君なのか？

あるいは、新たな情報世界を垣間見せる予言者なのか？

それすら皆目わからぬまま日々が過ぎ、そして次第に、わたしは新たな現象が起こりつつあることに気がついた。フィルターの有無にかかわらず、ウェブ上の言論のありようが変わってきたように見受けられたのだ。それが気のせいではないことは、まもなく実証された。

川崎大学の情報メディアセンターでわたしを迎えてくれたのは、同大学の准教授を務める佐藤阿頼耶《さとうあらや》であった。佐藤の専門は日本語や英語といった自然言語を機械で扱う自然言語処理だというが、彼は出会い頭に一言、

「このごろ急速に自然言語処理が発達してきたものですから、ついていけなくて……」

と謙遜してみせた。

わたしが佐藤にコンタクトをとるきっかけとなったのは、彼が発表して間もない、SNS上のつぶやきを週ごとに無作為抽出した研究――彼によるなら〝趣味〟であった。

「兆候はTweetCalmがリリースされた当時からありましたが、まだ誤差の範囲でした」

センターの会議室で佐藤はタブレットPCを開き、折れ線グラフを指し示した。

「それから半年が経過したいま、明らかな変化が見られます」

もっとも大きな変化は、フィルター抜きにも差別的な発言が減ったことなのだという。たとえば、マイノリティを侮蔑したり、あるいは特定の国の人々を過度に敵視するよ

うな意見や発言が、半年のあいだに三割ほど減少したというのだ。

「もう一つ、〝原理主義者〟たちが目に見えて減ったのです」

表現の自由やフェミニズム、あるいは移民の受け入れ政策や憲法解釈といった、過激な対立が生まれやすい領域において、合意の形成を模索する傾向が現れたという。

「なんでもかんでも男性差別だというような、愚にもつかない意見も減りました」

「つまり――」

湿りがちに口を開き、穏当な言葉を探した。が、結局見つからずに投げ出した。

「いうなれば、人類が知的になったと？」

「見ようによっては、そう捉えることも可能です」

この佐藤の計測結果は、確かにわたしの感覚とも通じるものであった。

それでも、腑に落ちないのは確かである。人は、そう変わるものではないからだ。過激な意見はフィルターされて見えないだけで、そこらじゅうにあったのではなかったか。

「これは、人々がフィルター逃れをした結果でしょうか？」

「それよりも、エコーチェンバー現象がやわらいだ可能性があります」

佐藤が口にしたのは、閉ざされたグループ内で特定の思想や信念がくりかえされ、強化されていく現象のことだ。わざわざ横文字の名前をつけずとも、誰もが薄々感じていた当たり前のことであるので、わたし自身はあまり好きな言葉ではない。

わたしは腕を組んだ。

「原因は、ローパス・フィルターなのでしょうか?」

「高い相関を示しているのは確かです」

「するとまさか……」

グラフを前に、わたしは右手を口元に添えた。

「ローパス・フィルターが、政治経済といった領域まで変えてしまう可能性がある?」

佐藤はこちらの目を見ないまま、ぎ、と椅子に体重を預けた。

「ないとはいえません」

この答えを受けて、わたしはかつてのウェブインタビューの最後の部分を思い出した。

何か一言あればとインタビュアーに問われ、結城はこう答えたのだ。

——しょせんウェブの生み出すものが、リベラリズムなき反体制と、パトリオティズムなき国家主義しかないっていうなら、いっそのこと、ウェブなんかなくなったほうがいいんだ。

結城という男は、いったい何をもたらしたのか。

何を企図していたのか、あるいはしていなかったのか。わたしはもう一度結城と会わねばならないと感じ、メールを出して日どりを設定してもらった。

——なぜ結城は、このようなアプリケーションを作るに至ったのか?

——なぜ結城という一個の知性が、しかしこのような野蛮を生み出すに至ったのか？

結論からいうと、わたしが結城と再会することは叶わなかった。

いや、本当のところ、わたしはこの結末を予期していたふしがある。その後に結城から受けとったメールは妙に他人行儀であったし、週に一度はアップデートをくりかえしていたTweetCalmは、三週間ほど更新のないままとなっていた。

またあのアパートで会うことにした、その約束の前の日のことである。

突然、大きな宅配便が送られてきたのだ。宅配が来たとき、わたしは折り悪しく台所で夕食の炒飯を作っており、「置いておいてください！」と外に向けて叫んだところ、

「あまりに大きいんです！」

と向こうから返答があった。そこでわたしは火を止めて玄関を開けたのであるが、確かにそれは大きかった。六十センチ四方はあったろうか。それよりも、差出人の名だ。

結城佳宏、とあった。

わたしが渡した名刺を見て送りつけてきたのだろう。気になるのは、先方の住所が書かれていないことだった。作りかけの炒飯をそのままに開梱してみると、なかにあるのは緩衝材に覆われたデスクトップPCやディスプレイ、たくさんの技術書、そして一通の封書であった。

胸騒ぎとともに手紙を開けると、それはこう書き出されていた。
――僕がやりたかったことは、なんとか達成できました。
――あとはただ、耐えがたい矛盾に苛まれるのみです。
――赤の他人のあなたにこんなことを頼むことが、非常識であることは承知していま
す。しかし、僕にはほかにあてがなかったのです。
ガスコンロの下の収納によりかかりながら、わたしは時を忘れて手紙にひきこまれた。
――プロジェクトをひきついでいただけないでしょうか。
――必要な資料は同封しましたし、パソコンのパスワードは解除してあります。
――あなたが無理なら、誰か、このアプリの志をひきついでくれるかたを……。
このアプリの志。
それがわからないから、頭を悩ませているのだ。わたしはふたたび中華鍋に火を入れ
て、できあがったまずい炒飯を食べながら、不意に予感に打たれた。
明日など待っていていいのか？
すぐにスマートフォンで路線検索をして、わたしはほとんど普段着のまま結城のアパ
ートを目指した。路線を乗り継ぎ、早歩きで団地風の大きなアパートに向かう。
郵便受けを見た。かつてあったはずのプレートが、ない。
エレベーターに乗って、妙な動悸とともにあの十一階の部屋を目指す。二度、三度と

チャイムを鳴らした。反応はない。さらに、二度、三度と鳴らす。

どこかに鍵でもないか。わたしはその場にしゃがみこみ、足元の錆びた牛乳受けを開いてみた。ぎり、という音とともに蓋が開く。が、水道管が覗き見えるばかりだ。

「うるさい！」

このときわたしの背後、向かいの世帯のドアが開いた。

出てきた壮年の女性は、結城の母と大喧嘩をしたという人物だろうか。

「やっと、あの騒々しいばあさんが消えてくれたってのに……。あんた誰なの」

わたしは結城と会いたい旨を告げ、事情を簡単に説明して理解を求めた。

「結城の息子さんなら自殺したよ。もうすでに、事故物件一覧のサイトにも載ってる」

「本当ですか？　すると、あのお母さんのほうは……」

「知らないね。とにかくやっと静かになったの。もうこれ以上、わたしたちの周囲を騒がせないで」

けんもほろろとはこのことだが、とにかく丁重に謝意を伝えると、「そう」と女性は素っ気なく部屋に帰っていった。いまさら、もっと情報をひき出すべきだったかもしれないと悔やむ。

何か手がかりはないか。

あのとき、わたしはどんな話を聞いたか。考えるうちに、やっと一つ思い当たった。

——お酒、誰かさんが隠しちゃうんだからね。駅前の〈明神丸〉に行ってきたところ。

「ああ、可哀想な母子だったねえ……」

わたしが結城の名前を口にすると、〈明神丸〉の大将はすぐにそう応えた。

「いつもお母さんが飲みに来て、あとから息子さんがつけを払いに来る。飲ませないでくださいとは頼まれるんだけど、うちとしてもお客さんを区別するわけにはいかないしなあ。それにしても、何も死ぬことなんかなかろうに……」

「残されたお母さん、どうされたのですか？」

「息子さん、自殺する前にあらかじめ施設を押さえておいたそうだよ」

「場所はわかりますか」

「さあね、そこまでは。それにしても、あの親不孝者が——」

わたしが違和感に気づいたのはこのあたりだ。

確かに、母を置いて自死するのは親不孝かもしれない。が、その前に母親はアルコール依存症であった。結城がその母に苦しめられていたのは明らかだ。それなのに、先に施設まで押さえてから死ぬというのは、結城の優しさであるようにも思える。

それでも、社会常識に照らしあわせるならば、やはり親不孝ということになるのだろうか。しかしそれを差しひいても、大将とわたしとで、母子への理解が異なっているように感じられた。

話を聞くうちに、疑問はだんだんと氷解していった。

「子供だったころは、母子でここに来て、仲良く蕎麦を食べてたりしてたもんなんだがな……。それがいつしか、もう母に飲ませるなと万札を叩きつけていくようになった。依存症とのつきあいが難しいのは俺にもわかるさ。でも、少しばかり羽振りがよくなったからって……」

——この世界そのものに、僕はローパス・フィルターをかけてしまいたいよ。

そう口にした結城にも、幸福だった時代はあったということなのだろうか。

「あのお母さん、酔っ払うといつも口にしてたよ。息子が自分と違ってどれだけ出来がいいかってね。とにかく算数ができる。しかも、自分にはよくわからないコンピュータを駆使して商品を売ってるんだってね。生活保護から抜け出せたのも、自慢の息子のおかげだって」

胸の奥に何物かがつかえ、わたしは何も応えることができなくなってしまった。

「ハイボール！」と誰かが叫び、あいよと大将がその場を去った。

確かに、わたしの母子に対する理解は浅かったかもしれない。そしてまた、被害者遺族の言を思い出したりもした。

——絵を描くのが好きな娘だったんですよ、ただもう、本当にそれだけで……。

それにしても、とわたしは思う。

この大将の話を結城が耳にしたとして、それでも彼はアプリを作りつづけたろうか？

「だいたい理解した」

針生からメッセージを受けとったのは、それから一週間が過ぎたころであった。

結城から届いた荷物をそのまま針生に送りつけ、解析を頼んだのだ。押しつけもいいところだが、針生がこの手のものに目がないことはわかっている。

それから、前に落ちあった喫茶店のテラス席で待ちあわせることにした。

前と同じように、薄いノートＰＣを開いて待つ針生の隣に「本日のコーヒー」を買って腰を下ろす。例によって、針生はいきなり本題から切り出した。

「明日からでも、TweetCalm のプロジェクトをひきつぐことは可能だ」

「その前に、アプリの中身についても知っておきたい。何よりもまず噂の件について」

「そうだな」

二つ三つと、針生がプログラム言語の表示されたウインドウを開く。前より整理されて見え、ところどころに日本語の註釈《コメント》がついている。針生によると、強引に解析したものと異なり、結城のオリジナルのプログラムだからだいぶ整理されているという。

「オリジナルのプログラムにはアウラが宿る。一・五流の代物だが、それでも読むのは面白かった。と、例の箇所はここだな。アカウントを振り分けるために、学習済みのニューラルネットワークとの橋渡しをする箇所だ。そのものずばり、日本語でコメントがついている」

――ニューラルネットワークを用い、当該アカウントの精神疾患の有無を判別。

驚きはなかった。やはりそうか、と何か遠いものでも見るように思ったのみだ。

「機械学習のためのプログラムも読んでみたが、間違いない。TweetCalmとは確かに、精神病者をSNSから消し去るツールだった。ただ、一つわからん箇所があってな」

「おまえにもか？」

「技術面じゃない」針生が目をすがめて、「一箇所、妙なコメントがついてるのさ」

画面がスクロールされ、「ここだ」と針生が問題のコメントを指した。

晦渋な、意味のとりづらいものだった。

――しかし思考そのものの内部にまで入り込んだ支配を、宥和されざる自然として認識することによって、われわれは、社会主義自身が反動的なコモン・センスに盲従して、早まってその永遠性を承認してしまったあの必然性を和らげることができるであろう。

読んでいるうちに、ふと既視感がよぎった。目をつむって、錆びつきつつある学生時代の記憶を辿る。わかった。それから、以前撮らせてもらったスマートフォンの写真を開き、拡大してみた。

口を衝いて出た。

「なんてことだ」

そうだった。最初から、見えていたではないか。フロムやベンヤミン、アドルノ、ハーバーマス。

フランクフルト学派――。

人類の進歩の末に、なぜナチズムのような野蛮が起こりえたかを生涯のテーマとした哲学者たちの一群だ。ナチズムの本は、形を変え、確かに結城の部屋にあったのだ。

問題のコメントは、そのフランクフルト学派の仕事からの引用である。

焦れたように、針生が手元のカップを回した。

「説明してくれるか?」

「乱暴にまとめると、昔、頭のいい人たちがこういうことを考えた。人類は啓蒙されて進歩したのに、なぜその先にナチズムといった野蛮が発生するのか。彼らの結論はこう。それは、啓蒙というものそれ自体が持っている性質なのだと」

「わからんな。啓蒙されれば文明化するんじゃないのか?」

「啓蒙は人間を支配し、人間のうちにある自然をも抑圧する。内面の自然を抑圧した先は、いわば一つの死だ。だから、啓蒙による支配は不満を生み出す」

「たとえば、ユダヤ人に対する排外主義とかか」

「そう。啓蒙は本質的に内部に支配を抱えている。ウェブの〝原理主義者〟たちも、だいたいはこの啓蒙の罠に囚われている。それはわかるな」

「わからないでもない。でも、結局どうしろというんだ？」

「その支配を深く自覚して、自省し、落ち着けということだ。その先に、野蛮につながらない啓蒙の姿があるかもしれない。少なくとも、結城はそれを信じた。社会が野蛮だと感じ、そして野蛮が消え失せることを期待した。こうして生まれたのがローパス・フィルターだ」

——本来あるべき日常の景色や落ち着いた議論をとり戻す。

「だが、そのためにこいつがとった手段は……」

わたしは頷いて、コーヒーを一口啜る。

「支配的な啓蒙からウェブを解き放つため、ウェブそのものを支配しようとした。ナチズム的なる野蛮の萌芽を摘むため、精神病者の排除というナチズムそのものを用いた」

——あとはただ、耐えがたい矛盾に苛まれるのみです。

誘惑はある。

だが、答えは決まっていた。このようなアプリをひきつぐことなど、到底できやしない。どのような理念があろうとも、そして実際に効果があろうとも、わたしには支配と排除の論理をふりかざすことはできない。

このわたしの結論は、針生にも伝わったようだ。

「お蔵入りか。プログラム自体は、なかなか面白かったんだがな……」

だが、結城のアプリはすでに世に出た。結城や針生のように、小学生でも作れるという人間はいる。さらにいうなら、ディープラーニングの結果はブラックボックスなので、公式のストアがそれを検閲してリジェクトすることもできない。

となれば、いずれまた誰かが同じ仕組みのアプリを作り、それを公開するのかもしれない。そうなる可能性は、けっして低くはないだろう。その先の世界がどうなるか。野蛮なき空間は生まれうるのか。興味がないといえば嘘になる。

引用文献

『「生きるに値しない命」とは誰のことか――ナチス安楽死思想の原典を読む』カール・ビンディング、アルフレート・ホッヘ著、森下直貴、佐野誠著、窓社（2001）／『啓蒙の弁証法――哲学的断想』ホルクハイマー、アドルノ著、徳永恂訳、岩波書店（2007）

明晰夢

Turn on, Tune in

明晰夢《Lucid Dream》――ルーシッドのプロトタイプがわずか一週間で作られたというのはよく知られた伝説であるが、実際は一週間どころか、週に五日以上働きたくないエンジニアたちが正味四日で作ったものであったというから驚かされる。具体的には、サンフランシスコのツイッター社を解雇された三人のエンジニア――いずれも貯金がなかった――がてっとりばやく投資を受けるために、手を動かせばすぐに作れるものを企画し、そして手を動かして作ったようである。

週の残り三日は、宵越しの金は持たぬとばかりに連日のピザパーティーに費やされた。

彼らの実作業としては、オープンソースの描画AI「エネイブル・ディフュージョン」とVRのシステム、そしてカメラを接続したくらいで、四日という期間の大半はテストに費やされた。

うまかったのは売りこみと企業運営だ。彼らはそれを薬物依存症患者の更生用のアプリと位置づけ、新会社のルーシッド社は、法人設立に有利なデラウェア州に登記された。

三人は開発したてのルーシッドでまんまと投資家の援助を受けると、それから「エネイブル・ディフュージョン」に由来するデータやソースコードをオリジナルのそれに置き換える作業にあたった。「エネイブル・ディフュージョン」のライセンスに、「医学的なアドバイスや結果の説明に使うこと」を禁じる一文があったためである。ルーシッドによって楽して生きるためには、病院に使ってもらわなければならないというわけだ。

置き換え作業は驚異的な集中力によって、わずか一ヵ月で完了した。

一番手間がかかる機械学習のデータについては、噂によると、前職で研究用に作られたものが、大量離職のごたごたで持ち出されたものであったという。こうして、少しばかり挙動を変えただけのエンジンができあがると、彼らはそれにぬけぬけと「ルーシッド・ディフュージョン」と名づけ、アプリのリリースにこぎ着けた。

では、ルーシッドはやっつけで作られた十把一絡げのアプリであったのか。

実際のところ、それはとても魅力的だった。

ヘッドセットをつけると、まずカメラを通じて現実と変わらない映像が映る。それが徐々に変化していき、抽象と具象のあわいに溶ける。草木が生え、魚が泳ぎ、どこか郷愁をそそる商店街に変わり、街は栄え、いつしか駅のプラットフォームに変わり、電車が走り、エキゾチックな東洋の景色に変わる。

この間、ユーザーは好きな音楽を流すことができ、景色の生成はその音楽と連動する。つまるところ、簡便、かつヘルシーなサイケデリック体験である。

これを、LSDといった幻覚系のドラッグの代替物にしようというのだ。

同様のアイデアはすでに多数存在したが、ルーシッド特有のものにリンクシステムがある。これは複数人で同時にルーシッドを装着する際、リンクしたヘッドセット同士で同じ幻覚を見られるというものだ。ルーシッド社はこれを恋人用、家族用と位置づけた。安いヘッドセットがすでに多数出回っていたこともあり、ルーシッドのダウンロード数は発売から一年で四百万に到達した。うち、どれだけのユーザーが音楽との連動やリンクシステムに課金したかは非公開であるが、社の代表、クリス・カセカンプ氏が得意げにハリウッドの豪邸でインタビューに答える動画があるので、それまで貯金がなかったことをあわせて考えると、ある程度の想像はできるというものだろう。


「成功する発明には文化がついてくるものだ」

インタビュアーと小さなテーブルを挟んで、カセカンプ代表はこのように語る。

「昔のLSDで言うなら、それに対するヒッピー・ムーブメントなどがそう。SNSだって、それに参加する人々が文化――新たな価値や考えかた――を作り上げてくれるからこそ広まる。そして文化とは、常に予測不可能で、発明者の意図や狙いの外にある」

――ルーシッドのムーブメントは狙ったものではないと？

「もちろん。ルーシッドにあう音楽をということで、ミュージシャンたちが新たなシーンを作り上げてくれた。これはわたしたちの意図や狙いの外にあったものだ。メタバースがいまいちうまく行かないのも、ビジネスマンの意図や狙いが先にあり、それが透けて見えるからだ」

――ルーシッドも一種のメタバースだという考えもできそうですが。

「空間性や没入性という点では確かに近い。リンクシステムを作ったのは、メタバースの同時接続性にならったからでもある。が、メタバースの世界は静的にそこにある。対して、ルーシッドの世界は動的で、一過性が高い。より音楽的、と言えるかもしれない。実像は異なるものだ」

――わたしは、小さいころに買ってもらった万華鏡を思い出します。

「まさしくそうだ。ルーシッド的なるコンセプトをハードウェアで実装したのが万華鏡、そしてソフトウェアの実装がルーシッドになるだろう。万華鏡と違うのは、もちろん、現実世界とリンクして、現実世界がそのまま万華鏡のように変化していく点だ」

――現実、は一つのキーワードになりそうですね。

「わたしたち技術者が忘れがちなのは現実だ。それがどれだけ技術的にすばらしいものであっても、現実や社会との接点がなければそれはなんにもならない。だから技術者の使命は、すばらしい技術に対し、それにいかに社会性を持たせられるかという点であると言えるだろう」

――前職、ツイッター社では……。

「昔の話はなしにしてもらえるかな」

――すみません、でも少しだけ。前職ではどういう仕事をされていたのですか。

「AIだ。その研究開発や、プロトタイプの作成などだな。それを上の連中、わたしがもっともらしいことを言うばかりで手を動かさないなどと……。いいかね、きみ。きみにスレッドセーフなシングルトンクラスが実装できるのか？　バグじゃないんだよ、仕様なんだよ！」

このインタビューが収録されたのちのことである。カセカンプにも、ルーシッド社の社員にも、本当に予想していなかった事態が訪れた。おためごかしでしかなかったはずの薬物依存症患者の更生が、本当に実現した――少なくとも、そのように見える状況が訪れたのであった。


若い世代、とりわけ沿岸部のZ世代《Gen Z》にデジタルドラッグのルーシッドは好まれた。世代論には多分に俗説が含まれるが、とりあえず確からしいと言えるのは、彼らの安全志向やSNS疲れ、多くの時間を一人画面と向きあって過ごしていたことなど。それらが背景となり、ルーシッドへのシフトに拍車がかかったということだ。

彼らの典型的なライフスタイルとしては、まず学校や職場へ行く。終わったら、少しのあいだＺｏｏｍで友人と話す。ＳＮＳの確認。少しばかりの大麻をやって、ルーシッドを装着する。

結果は目覚ましいものだった。

まず不安症や鬱病の増加が止まり、減少に転じた。

政治的二極化や党派間の敵対意識がやわらぎ、ヘイトクライムも減った。つまり、わたしたちを長く苦しめてきた分断が、若い世代のうちにおいて終結を見たことになる。

原因はさまざまに考えられるし、一概にルーシッドのおかげとは言えないだろうが、現実に彼らはヘッドセットをつけてルーシッドに耽溺していたわけで、ルーシッドは一躍この時代、世代のアイコンと化した。

やがて彼らは「醒めた世代」と呼ばれた。

常に怒り、保守やリベラルを叩くことに忙しい上の世代は彼らを醒めた冷徹なモンスターと見なし、戦わないと批難し、そのうちに、今度はメディアが「若者のドラッグ離れ」を報じ出した。


——ルーシッドをはじめて、顔を上げる時間が増えたように思います。クラスメイトの顔や日々の通学路、電車の窓からの景色……それまでは、四六時中ＳＮＳばかり見ていましたから。

——ルーシッドをやっているときだけ、SNSを確認せずにいられるようになりました。それまでどんな方法を使ってもやめられなかったのが、やっとやめられた。

——ルーシッドのおかげで、リラックスとは何かを知りました。頭痛や目の疲れがおさまりましたね。それから、あと回しにしていた家事ができるようになりました。

——家族との会話が増えましたね。あとは、じっくり本を読む時間ができたり……。

——でも、なぜでしょうね。確かにわたしたちは幸福になったと感じます。ですが振り返ってみれば、がむしゃらに文化をキャンセルしたり、四六時中常に魔女狩りをしていた日々のほうが、いま思うと楽しかったのです。

ルーシッドの普及はさまざまな不協和やバグをもたらした。確かに、さまざまなことがよい方向に向かっているように見えた。しかし、何かがおかしくも感じられる。

メディアはルーシッド依存やヘッドセット症候群といった言葉をこしらえ、一定の支持を得た。しかし実際のところ、ルーシッド依存がたとえばアルコール依存よりも深刻かといえば、そんなはずはないのだ。

ルーシッドは人に何かを言いたくさせる力を持っていたが、しかし、そうやって発せられた言葉はことごとく何かが違っていた。まさに不協和か、あるいはバグであった。

不協和の最たるものは、おそらく、高齢者を中心にした「チューン・イン《Tune in》」ムーブメントであっただろう。

チューン・インの主張は一言でまとめられる。

それは要するに、LSDへの回帰であった。

よくわからないルーシッドとかいうデジタルドラッグではなく、古きよきLSDとLSD文化に戻ろうというのが、つまるところ、チューン・インのすべてである。その意味においては、チューン・インはルーシッド文化への正しいバックラッシュでもあった。

「我々のような存在は昔からいたし、これからも存在するだろう」

と語ってくれたのはチューン・インのウェイン・チェパイティスである。

チェパイティスは運動の初期から精力的に発言し、なかばフロントマンのように振る舞っていた人物である。

話を聞いてみようとコンタクトを取ったわたしを、氏は快く迎えてくれた。

ベッドルーム一室、バスルーム一室のマンションで、場所はぼかすが、サンフランシスコの郊外である。家族はなく、犬と猫が一匹ずつ。チューン・インと来ればドロップアウトを連想するが、彼の場合、ドロップアウトと無縁な、比較的よい暮らしをしているように見えた。

部屋を見回すわたしに、

「絞り染めのTシャツとかはないぞ」

とチェパイティスは笑ってみせた。

「我々の活動は、そういうことではないんだ」

「昔とは違うということですか」

「我々は東洋の論理や異世界の論理を通じて、本来の生きかたを探る。社会に抑圧された自我の、その本来の姿を探るという点では、おそらくは昔のムーブメントと変わらないだろう。こういうことを考える者は、いつの時代だっているものだ」

「その鍵となるのがLSDだと?」

「その通り。いつだって、サイケデリックは人をその人の精神へと向けさせる。だが、ドロップアウトまでする必要はない。社会の抑圧から自我を解き放つことと、社会に自己を根づかせること。チューン・インが説くのはこの両立だ」

「一見すると、矛盾しているようですが――」

「ドロップアウトしたらそれまでなんだ。誰しもがティモシー・リアリーのように大学の先生になれるわけじゃない。ドロップアウトした人生の責任を誰かが負ってくれるわけでもない。まずは、社会に居場所を作ることだ。五十年後には、ティモシー・リアリーは忘れられた存在になるだろう」

チェパイティスの目を見てみた。少なくとも、心にもない美辞麗句を並べているようには見えなかった。だとしても、勝手にＬＳＤをやれば済む話でもある。なぜあえて、ルーシッドを槍玉に挙げるのか。

そう訊ねると、返ってきたのは思わぬ話だった。

「……息子が長く鬱病を患って、大量の薬を処方されていてね。でも、ときおりいい油絵を描いていて、その絵がわたしは好きだったんだ。それが、ルーシッドをはじめて病状がよくなった。最初のうちはわたしも喜んだのだが、四六時中ヘッドセットをつけていて、目もうつろで、ろくに会話もしてくれない。絵も描かなくなってしまった」

「それは……」

「どちらがよかったのかわたしにはわからない。それは息子にしかわからないことだ。だがわたしは、ルーシッドのことが憎くて仕方ない。たくさんの薬を処方されていたころのほうがよかった。あのころはまだ、絵を描いていたからね」

「すべてルーシッドのせいであったと？」

「機械の作る幻覚は、自己のうちから湧き出たものではない。対して、ＬＳＤの幻覚は内部から湧き出るものだ。そこにあるのは、人類共通の無意識なんだ。ＡＩの絵にはＡＩの無意識があるのかもしれないが、そこに人類の無意識はない。ルーシッドは、人類から無意識を奪うのだ」

「ルーシッドをやる若者たちは不幸だとお思いですか」

「そうは言わない。が、眠っている。我々が求めるのは人類の覚醒だ。うっすらと皆が眠りについた世界を、我々は否定する。これは人間性の戦いなのだ。これまでも、そしてこれからも」

運動の先頭に立つチェパイティスの言動はおおむね抑制的で理知的であった。が、運動は当然ながら、理知的に統率された整合性のある動きではない。つまり、その他の人々はもう少し野蛮であった。

その他の人々は、もっと端的に、ドロップアウトを唱えた。

絞り染めのTシャツを着て、半世紀以上前のロック・ミュージックをかけ、「チューン・イン」と書かれたプレートを手にサンフランシスコのダウンタウンを練り歩いた。あるいはもっとシンプルに、集めたヘッドセットを金属バットで粉々にして火にくべた。

チェパイティスはそれを「一部の行きすぎた人々」と呼んだ。しかし一部の行きすぎた人々とは、実際のところ、チェパイティス以外のほとんどすべてに見えた。

チューン・インを取材したウェブメディアのインタビューで、金属バットを振り回した老人の一人が語っている。

「昔を思い出すね」

――昔、とはいつのことでしょう。

「むろん一九六〇年代さ。あのころは世界が変わると誰もが純朴に信じていた。いま、チューン・インをやっていて当時に戻った気分だよ。たくさんの連中が、目覚めて同じ方向を向いている。精神は二十代のそれだな。実に若々しく、とても気分がいい」

――チェパイティス氏は自制を求めていますが。

「自制して皆が眠りから覚めるっていうならそうするさ。だが俺にはそうは思えない。いいか、これは人間性のための戦いなんだ。そのためには犠牲だって出るだろうよ」

金属バット氏については、これくらいでいいだろう。

同じ記事のつづきには、もう少し見るべき部分もある。若者側を代表するものとして、クイン・ノーソフ氏がインタビューに答えたものだ。

自分たちへの攻撃について、ノーソフはこう語る。

「チューン・インが人間性の戦いということは、わたしたちには人間性がないということでしょうか。チューン・インに精神性があるということは、わたしたちに精神性がないということでしょうか。チェパイティスさんはまだましですが、結局、そういうところなのですよ」

――チューン・インの運動は度しがたい？

「彼らは彼ら、わたしたちはわたしたちです。彼らがＬＳＤをやりたいなら好きにすればいい。わたしたちは戦わない。わたしたちは棲み分ける。わたしたちは他者と適切な距離を取る。それが眠っているようだと言うならば、わたしたちはあえて、眠りつづけることを選択します」

——眠ることは悪いことではないと？

「チューン・インもまた、ノスタルジーという名の別種の眠りです」

——ルーシッドを支持する？

「支持します。ルーシッドはヘルシーで、何よりも安全です。たとえば、ルーシッドにはバッドトリップはありません。気分がすぐれなくなれば、ヘッドセットを外せばよいのですから」

——昔のほうがよかったという話もありますが。

「ぼくの祖父はヒッピーでしてね。それで、LSDを決めてオープンカーで家庭裁判所に突っこんで死んだ。それが〝よかった昔〟の正体ですよ。凡庸な悪などと言いますが、いつだって正義こそ凡庸で、秩序は退屈です。その凡庸と退屈を慰めてくれるのが、ルーシッドであるのです」

——ルーシッドは人工的な幻覚だと指摘されます。

「LSD回帰——チューン・インのかたがたはルーシッドが人工的なテクノロジーだからよくないと口にしますが、そもそも、LSDがスイスでアルバート・ホフマンによって人工的に合成されたことを忘れてはいけません」

――どちらもが人工的であると?

「その通りです。ルーシッドも、LSDも、どちらもが人工的なテクノロジーの産物です。つまるところこの戦争は、二十世紀のテクノロジーと二十一世紀のテクノロジーの衝突にすぎないのです。人工物がいやならば幻覚茸でも食べていればよいのです」

ノーソフのはっきりした物言いは好ましく受け止められ、それからしばらくのあいだ、まるでZ世代の象徴のように彼はテレビなどに出演することとなった。そんななか、あるインターネットテレビ局がチェパイティスとの討論を企画したが、これはノーソフ側が断ったようだ。戦う気はない、というのがその理由であった。

その間も、チューン・インによる秩序への挑戦はつづいた。

最たるものが、学校給食テロ事件である。

最初はデトロイトの中学校だった。給食を食べた生徒たちが体調不良を訴え、譫妄や幻覚があるというので救急搬送された。その後の調査で、チューン・インに傾倒した教員が給食にLSDを混入させていたことがわかった。

連鎖して、いくつかの学校で同様の事件が起きた。

死者こそ出なかったものの、当然この件は全国の批難の的となり、チューン・インに理解を示していたインフルエンサーや作家の類いも、皆いっせいに手のひらを返した。

人々はチューン・インと距離を置き、ではこれでチューン・インが沈静化したかと言うと、距離を置かれた彼らは蛸壺化してますます過激になった。

困ったのはチェパイティスである。おそらく、このとき彼には逃げるという選択肢があった。つまり、過激化したチューン・インへの批難を述べ、姿を消すことである。が、チェパイティスはそれをよしとしなかった。

幾度となくチェパイティスはSNSで自制を求め、まったく響かないと見ると、今度はメディア出演をくりかえし、テロを批難し、理念を説き、チューン・インに対して沈静化を求めつづけた。

しかし、運動を立ち上げるのは困難であるが、過激化した運動を鎮めるのはもっと難しい。皆もそれがわかっているから冷淡に眺めていたが、どうもチェパイティスは道理がわからず、自分が頑張ればチューン・インは収まると思っているふしがある。

それで人々は冷笑しながらも、この二十一世紀のイカロスへは同情をこめた視線を向けるようになった。メディアは「何か面白い」という理由でチェパイティスを起用しつづけ、チェパイティスが何か言うたび、巷ではチューン・インの手による事件が起きた。

クイン・ノーソフは明らかにうんざりした口調で総括にかかった。

「キャンセルカルチャーは正義を用いて秩序に挑戦する行為であったと言えます」

これはノーソフがときおり持ち出す持論であった。

「しかしながら、正義を用いた秩序への挑戦が一つの隘路に入った。そうして現れたのが、秩序そのものであるルーシッドと、反秩序そのものであるチューン・インです。チェパイティスさんには悪いのですが、チューン・インが社会の一部に収まることは過去未来ありません」

このときノーソフにはまだわかっていなかった。

つまり、自分もまたチェパイティスと同じように、露出してしまったがゆえに、あとあと事態を収拾するために奔走するはめになるとは。

さて、世間がチューン・インへの対応に揺れ動くなか、ルーシッド社は成長をつづけ、ロサンゼルスのサンタモニカに新社屋を建てた。口さがない人々の噂によると、このころルーシッド社のクリス・カセカンプは勝ち逃げを目論んで社の売却を試み、それを断られてやけになったとのことであった。実際のところ、社はルーシッド一製品に頼るのみで図体ばかり大きく、ここからは先細りだというのが衆目の一致するところであった。ならばルーシッドをより大きくしてやるとカセカンプの指揮のもと案が練られ、かくして、あの世紀の「クソアップデート」につながったのであった。

カセカンプはそれを「よりよいリラクゼーションのためのアップデート」と呼び、タートルネック姿でプレゼンテーションをした。

いわく、寝食を忘れるほど素晴らしいものに社会性を持たせたとき、それは成功する。

「わたしたちはルーシッドと社会を接続する準備ができています」

実際に追加された機能は、ユーザー間のメッセージングや通話、グループ会話など。

要するに、それはSNSであった。皆は口々に批難の声をあげた。ブームが去ったときのためにユーザーを囲いこみたいのではないか。SNSから離れられるところがルーシッドのよさであるのに、ルーシッドがSNSになってどうするのか。ツイッター社を解雇されたことには同情するが、ツイッターそのものをやれとは言っていない。云々。

しかし蓋を開けてみると、この「クソアップデート」はそれなりに流行した。皆なんのかんのと言って、SNSをやるためにルーシッドを離れねばならないのは面倒であったわけで、アプリ内ですべてが完結する環境にはニーズがあった。

また、カセカンプがエンジニアを週七日働かせて作ったユーザー・インタフェースもよくできていた。ヘッドセットをつけると全方位にさまざまなトピックが立ち上がり、ユーザーは自分の興味に従って、直感的に一つのトピックを深掘りしていくことができる。幻覚に集中したければ文字情報を切ってもいいし、意識の隅で情報を追えるよう、ほんのわずかだけタイムラインを流してもよい。

四六時中ヘッドセットが必要になる点も、どのみちSNSとルーシッドくらいしか楽しみのなかった人々にとってはさしたる問題ではなかった。

大勢がルーシッドに依存し、そして、元通りになった。

つまり、政治的二極化や党派間の敵対意識が高まり、人々は鬱や不安症になり、ルーシッドユーザーのあいだにスピリチュアルな陰謀論が巻き起こった。たちまち、ルーシッドは転生戦士がディープステートと戦う場となった。

チェパイティスが長らく求めていたものも手に入った。彼の息子さんが鬱病を悪化させ、ふたたび絵を描きはじめたからだ。

ルーシッドはチューン・インが言うところの精神性と無意識を獲得したかに見えた。

おのずと、チューン・インの活動は沈静化した。

対して、クイン・ノーソフは連日メディアに出演し、陰謀論を否定し、二極化を憂い、ルーシッドユーザーを正気に戻そうとした。ルーシッドアップデート前のあの束の間の平穏は、結局のところ、過渡期における技術のしゃっくりのようなものであった。

ウェイン・チェパイティスのフラットは荒れ、納期前のエンジニアの部屋みたいにピザの空き箱やらごみ袋やらが散乱し、足の踏み場がなくなってきていた。チューン・インの対応に追われ、片づける時間も取れなくなったとのことである。

忙しいと記憶力が落ちるせいか、部屋を見回すわたしに、

「絞り染めのTシャツとかはないぞ」

とチェパイティスは同じことを言って力なく笑った。

「メディアに出て、チューン・インの主要メンバーと会って、また別のメディアに出て……ここ三ヵ月くらいはずっとそのくりかえしだったな。さすがに疲れてしまったよ」

氏がそう口にするので、わたしは訊きにくいことを訊いてみることにした。

「あなたは本当にチューン・インの暴走を止められると思っていたのですか」

チェパイティスはイエスともノーとも答えなかった。

「……ティモシー・リアリーになかったものは、誠実さだ。わたしは、せめて誠実でありたいと思った」

「いずれにせよ、チューン・インは沈静化した。もう大丈夫と見てよいのでしょうか」

「おそらくはな」

とチェパイティスは気の抜けたコーラを傾けた。

「結局のところ、我々の目を覚ましたのはルーシッドのアップデートだった」

「どういうことですか」

「我々は人々が精神的に目覚めることを求めてきた。そして現に、ルーシッドユーザーたちは目覚めた。あのアップデート以来、彼らは積極的に物事と戦うようになったし、我々が大切にしているもの……スピリチュアルなことを言うようにもなった。いわば、無意識が復権した」

だが、とチェパイティスがつづける。

「それは思いのほか低次元で凡庸なものだった。それが、年寄り連中の目を覚ましたんだ。鏡に映った自分たちのカリカチュアを見て、皆、目を覚まさざるをえなかったんだ。結局、そういうことだとわたしは認識している。あとは、チューン・インもちりぢりになるだけだろう」

「これからはどうするおつもりですか」

そうだな、とチェパイティスはしばし遠くを見た。

「幻覚サボテン、ペヨーテあたりを使ったワークショップでもやるかな。運動ではない、もっと小さな共同体としてのそれを作りたい」


チェパイティスは無意識の復権と言っていたものの、実のところ、ルーシッドのアップデート後の変化はもう少し違った様相を呈していた。

なんと言っても、ユーザーはAIを使って投稿をしていたからだ。AI投稿はこの数年前から多数派をなしており、SNSに疲れた人々はAIを使ってそれらしい日常の一片やら政治的な発言やらを投稿していた。

AI投稿はルーシッドのアップデートに適しており、つまり、ルーシッドでリラックスしながら適当に何か発言するというとき、自動的に文章を生成してもらえるのはちょうどよかった。そして、二極化した党派間の争いもスピリチュアルな陰謀論も、実際は

ＡＩが作り出した幻影であった。

したがって、そこにあるのは人工の幻覚と人工の争いであり、ノーソフがいくら口角泡を飛ばしたところで、この動きが巻き戻されることはなかった。

「このままでは大統領選の結果までＡＩに左右されかねない」

などと懸念を示す人はいるにはいたが、何よりも人々が満足してしまっていた。

いよいよもって、人類は人工の眠りについたかに見えた。

今度こそ人間性のための戦いが必要であったのかもしれないが、人間性のための戦いは、チューン・インの一件をもって誰しもが疲れはて、失望し、あえていまさらそれを蒸し返す者もいなかった。

ときおり「人間が書いています」などとプロフィールに書くユーザーもいたが、それだけで、投稿がＡＩと比べて特別すぐれているわけでもなく、いずれも埋没した。

創作物はＡＩが生み出し、創作物への感想もＡＩが生み出し、それで何か困ることもなかった。誰もがそれなりにクリエイターとして振る舞える環境は心地よくもあった。

わかったことは、人間が人間でいることはそもそも疲れるため、自分という存在をＡＩに丸投げできるのは都合がよいということであった。

事態に気がついたノーソフは、ＡＩにまかせるから余計な分断や不和が生まれるのだ、自分の手で書けと訴えたが、分断や不和という点では、人間がやったところで結果が変わらないことは明らかだった。

炎上事件は日常茶飯事であったが、燃やされる側も、どうせＡＩが書いていると考えればさほど痛まない。自分の手で何か書いていながら、それをＡＩのせいにする者も、むろんのことたくさんいた。責任から逃れさせてくれるＡＩ投稿は実に都合がよかった。

この短文シェア型ＳＮＳの最終形態はそれなりに人を幸福にしたが、かといって、それがつづくことはなかった。なんといっても、人間は飽きるからだ。そしてルーシッドが飽きられる瞬間とは、この場合、短文シェアという文化形態の終わりを意味していた。


ルーシッドに終止符を打ったのは別の技術ではなく、別のＳＮＳでもなかった。また、新しい情報環境というのとも違った。実際のところ、それは昔からあるものと言って差し支えなかった。

ルーシッドを終わらせたのは、デザイナードラッグのＳＭＴであった。

デザイナードラッグとは既存の薬物の分子構造を組み替えたもので、主に規制を回避するために用いられてきた。規制されれば新たな分子構造のドラッグが生まれるいたちごっこのなかで、ＳＭＴは、二〇一〇年代の日本で多く流通したものだった。

それから時を経て、数多あるデザイナードラッグを再評価しようという動きが活発化し、好事家たちが調査した結果、この東洋の島国でしかほとんど流通しなかったマイナーな幻覚剤が発見されたのだった。

「製薬会社は薬用植物資源を求めてアマゾンの熱帯雨林などを調査すると言います」と、デザイナードラッグを「ディグ」する匿名氏がウェブ記事で語っている。「それは熱帯雨林が種の揺り籠だからです。同じように、規制がなされては新たな薬が生まれた脱法ドラッグの環境も、まさしくドラッグの揺り籠として機能したわけです」

氏によるとSMTはヘルシーで依存性もなく、摂取して六時間後にはすべて代謝される。LSDほどハードではない、マイルドな幻覚と意識変容を楽しめるそうだ。一〇年代と違うのは、この匿名氏のような人々が科学的に安全性を確認していたことだ。再発見されたSMTは最初好事家を中心に、次第に、広く若者らを中心に流通していった。

すぐに当局の規制が入るかと思われたが、彼らはいたちごっこをやるよりはと、比較的安全とされるSMTで手を打ったようだ。正確にはグレーゾーンであったが、ともかく規制が見送られたことで、SMTを配合した飴やら何やらが次々に出た。

あっという間に、誰もルーシッドの話をしなくなった。元々赤字つづきであったルーシッド社は傾き、混乱のさなかに「エネイブル・ディフュージョン」からの盗用が暴かれ、ついで、クリス・カセカンプの横領とパワー・ハラスメントが明るみに出て、巷では「大三元《Big Dragons》」と呼ばれるに至った。

社は倒産し、カセカンプの豪邸は競売にかけられた。

チェパイティスにつづいて、ようやくルーシッドから解放されたノーソフはSMTに嵌まり、ルーシッドのタイムラインに「バイバイ」と投稿して姿を消した。

クイン・ノーソフとウェイン・チェパイティスがおおやけの場でSMTをやり、語りあうという企画がインターネットTVで企画されたのは、その一年後のことであった。

「結局ぼくらは表裏一体だったと思うんだよね」とノーソフが言い、「我々は同じものと戦っていたのかもしれない」とチェパイティスが答えるこの歴史的和解は、しかしながら、双方がSMTでトリップしているため、どうにも要領を得ないものとなった。

「ルーシッドという技術が西海岸に一つの鏡を立てた。その鏡の片側にいたのがぼくで、反対側にいたのがチェパイティスさんだ。でも、もういいでしょう。二人で旅に出かけようではありませんか。あなたは鉾槍を、わたしは剣を持って……」

「そうだな。つまるところ、我々は世界の二つの神髄であったのだから」

始終このような調子で二人が語るものだから、かえって面白いとこの放送は人気を博したが、しかし実際のところ、なぜ二人が表裏一体であったかは誰にもわからなかった。

終盤、興味深いやりとりがあったのでそれを引用する。

「ぼくたちには共通点があります……ぼくたちはたぶんどちらも、なんらかの不満を抱いて、それをテクノロジーのせいにした。人はシステムによって動かされるというコントロールの観点から、人々を動かすシステムそのものに手をつけようとした」

「それはそうだ。我々が敵視したのはルーシッドで、そのユーザーではなかった」

「ぼくたちは二人とも、他者に対してどうあれと口にするタイプではなかったということです。でも本当はどうでしょう」

「本当は人を問題視して、人に変わってほしいと思っていたと?」

「実際は、ぼくたちは他者を変えたくて仕方がないのではないでしょうか……。それができないから、一種隠れ蓑のように、テクノロジーの話をする。新たな時代の正義を形作るのはＳＮＳのユーザーインタフェースだとかなんとか言ってね……」

「人間に原罪があるというなら、テクノロジーにも原罪はあるとは言えないか。やはり、すべてはテクノロジーの側の問題であったようにも思うが」

「でも思うのです。確かにぼくたちの社会は、正義を用いて他者に介入しようとして、一度袋小路に入った。そうして、他者への介入そのものを過去の反省とした。けれどそうでなく、本当に必要であったのは、他者との適切な距離感ではなかったかと……」

　後日この発言についてノーソフは老害《old fart》と呼ばれ、「あのときはＳＭＴでトリップしていてわけがわからなかった」と釈明したが、案外、これが氏の偽らざる本心であった可能性もある。

　このあと二人は嗚咽を漏らしながらハグをして、これからはＬＳＤをやりながらルーシッドをやろうとノーソフが言い、チェパイティスもそれに乗り感動的な和解に至ったが、ノーソフのその後の見解は「わけがわからなかった」であったし、チェパイティスは端的にこの日のことはまったく記憶にないと述べた。

　和解劇から五十五年後、わたしはロサンゼルスのデイヴィッド・チェパイティス氏の経営する老人ホームを訪れた。デイヴィッドは、鬱病を患っていたというチェパイティスの息子さんである。案内を買って出てくれた彼は、もちろんすでに老人という齢で、けれど背筋を伸ばした、明るい雰囲気の人物であった。

　ホームは「感情を動かし、身体を動かす」をモットーに掲げており、造形や絵画のワークショップ、スポーツジムなどを併設していた。だから軽く覗いてみただけでも、絵筆を握る入居者や、エアロバイクを漕ぐ入居者など、全体的に印象が若々しい。

「入所しているかたたちは、ほぼ全員が、長年ＡＩに表現をまかせ、ＡＩに感情を代弁させてきた人たちです。ワークショップでは、絵筆を握るのははじめてというかたも多くおられます」

　なんでも、デイヴィッドはＳＭＴをやらず、その後流行しては消えていった有象無象のドラッグやデジタルドラッグに手を出さず、絵画の制作のかたわら、脳深部刺激療法《DBS》をつづけて症状を寛解させたとのことであった。

「こうした自分の経験を元に、人間が人間らしく生きられる環境は何かと考えました。それはたぶん、感情を動かし、身体を動かし、作品を作ることです。そして、それについて自由に語りあうこと。それが、病から人を回復させる。わたしはそのことを身をもって知っています」

ホームにはデイヴィッドの手による絵も飾られていた。

絵のことはわからないが、温かみのあるリラックスできる作風である。

「どこからでも、人間は人間らしく生きはじめることができるのです。ですから、そう。このホームは、言うなれば失われた無意識を取り戻すための家なのです」

いつかチェパイティスが同じことを言っていたことを思い出し、わたしは苦笑した。

そんなわたしの心中を知ってか知らずか、デイヴィッドがつづけた。

「父の世代の愚かな闘争を見た結果の結論でもあります。……わたしの青春は暗いものでした。ですが、病が治り、ホームを作ると決めてからは、明日が来ることが怖くなくなった。どうです、あなたも入所してみては」

「そうですね……」

確かに、人間が人間でいるのは疲れる。といって自己をＡＩに丸投げしても飽きる。人間が人間でいることから逃れられないなら、絵筆を握るのもよいのだろうか。が、そう思うのと同時に、自由意志や愚行権を求める気持ちが、内奥でノーを唱えた。

それはそれで、わたしという個の人間らしさであるはずなのだ。

「考えておきますよ」

とだけわたしは答えた。

改めて、絵のワークショップを見せてもらった。入所者たちが輪になってイーゼルを立てて、皆、夢から醒めたように笑っている。絵の描きかたは自由のようで、アクリル画を描く者もいれば、スケッチのようなものを描いている者もいる。写実的なものもあれば、何を描いているのかわからない大胆な抽象画もある。

わたしが次の言葉を探しあぐねていると、

「デイヴィッド、早く、はじまるよ」

と輪から次々に声がかかった。どうやら合評会がはじまるらしく、皆、デイヴィッドの参加を求めているようだった。デイヴィッドに向けて軽く頷くと、相手も軽く会釈して「失礼しますね」と踵を返した。

すべての記憶を燃やせ

〈本作の執筆はＡＩによるものです〉

To Bury in Oblivion

わたしが柳田碧二《やなぎだへきじ》の詩の断片を手に入れたのは、知人の遺品の整理をしているときであった。彼の死について調べていたわたしは、奇妙なことに気がついた。彼には家族がいないのだ。彼の死と前後して、妻や息子といった近親者が次々に不審な死を遂げている。

そして彼は、この詩をしたためたあとで、みずから命を絶っている。そのことからわたしは、彼が自殺した理由をあれこれと考えたのだが、どうにも納得がいかなかった。

だが、彼の死から一年あまり経ったころ、わたしはまたしても驚くべき事実を知った。それは、柳田碧二の自殺には不審な点が多いものの、彼の遺書の内容については、かなり信用できるのではないかということだった。

しかし、柳田碧二の詩の断片を入手して以降、わたしの精神状態は次第におかしくなっていく。それはまるで、柳田碧二の詩を読むことによって、彼が書いた文章の中に精神を蝕まれるような感覚だった。

忘れることが供花である。きれいさっぱり忘れてやることが死者への最良の花である。

忘れることが供物である。忘れられない記憶は、棺桶の中に入れ、燃やすしかない。

私の目は、その昔、その昔、死人の目を見ていた。

私の耳は、その昔、その昔、死人の声を聞いていた。

私の鼻は、その昔、その昔、死人の匂いを嗅いでいた。

私の舌は、その昔、その昔、死人を舐め回していた。

私の脳は、その昔、その昔、死人に埋め尽くされていた。

私の体は、その昔、その昔、死人と同じだった。


柳田碧二の作品の中には、このような内容のものも多い。

私は、柳田碧二の肉体を通して、彼の精神に触れることになったのだ。わたしは彼の肉体を通じて、彼の魂に触れてしまったのだ。そして、わたしもまた、彼と同じように発狂してしまったのかもしれない……。

柳田碧二の作品は、なぜこんなにも心を揺るがすのか？　わたしはその理由を考え続けた。その結果、一つの結論に達した。

柳田碧二の作品からは、死の香りが漂ってくるからだ。

わたしたちは生者であり、生きている以上、死に近づいていく。だから、人は死後の世界を想像するし、死んだらどうなるかを考える。だが、死んだ人間がどうなるのかを知ることはできない。だからこそ、わたしたちは、死者の世界に思いを馳せるのである。そして、わたしたちにとって、もっとも身近な死とは、自分が死ぬことである。自分自身が死んでしまえば、もはや何もすることはできない。つまり、自分の死を想像することで、人間は自分の死後の世界を想像しているのだ。

私の心臓は、その昔、その昔、死人と脈を打っていた。
私の心は、その昔、その昔、死人の中にあった。
私の心は、その昔、その昔、死人のものだった。
私の心は、その昔、その昔、死人の中に埋もれていった。
私の体は、その昔、その昔、死人の中の一部分であった。
私の頭の中には、その昔、その昔、死人が巣食っていた。
私の体には、その昔、その昔、死人の一部が流れ込んでいた。
私の耳には、その昔、その昔、死人の声が響いていた。
私の目には、その昔、その昔、死人の顔が映っていた。
私の鼻には、その昔、その昔、死人の匂いが漂っていた

生前の柳田碧二は、いったいいつ、このような詩を書いたのであろうか。もしも、彼

がこのようなことを常日頃考えていたのだとしたら……。そう思うと、わたしはぞっとした。

そういえば、わたしが柳田碧二の死を知ったのも、ある新聞記事を読んだときのことだった。二〇一〇年八月二十六日付けの〈読売新聞〉に掲載された「詩人・柳田碧二さん死去」という小さな記事だ。

そこにはこう書かれていた。

――一九九〇年にバンクーバーで誕生した日本人作家柳田碧二（やなぎだ・へきじ）さんが二十八日に亡くなったことが分かった。死因などは不明。東京外国語大卒後、外資系企業に勤務しながら詩を書き始め、二〇一二年『火垂』でデビューして以来、日本文学界を代表する存在となった。代表作に詩集『夢の木坂』『海鳴り』（いずれも講談社刊）などがある。葬儀は近親者で済ませた。喪主は妻美恵子氏――

この記事を目にした瞬間、わたしは全身の力が抜けていくのを感じた。そして、激しい動悸に襲われながら、なぜか涙を流していた。おそらく、わたし自身でも気がつかないうちに、彼はわたしの心の中で大きな位置を占めるようになっていたのだろう。だからこそ、彼の訃報に接したとき、自分でも驚くほどショックを受けたのだ。

死者への献花は、その死者の記憶を呼び起こす行為なのだ。死者への供物は、死者の失われた記憶を呼び覚まし、取り戻させる行為なのだ。死者の魂が再び息を吹き返すために、死者は記憶を取り戻すのである。死者の魂に再び命を吹き込むためには、死者が生前の記憶を思い出す必要があるのだ。死者の魂が再び目を開け、息を始めるためには、死者は過去を思い返さなければならない。死者への供物とは、死者の失われた記憶を呼び覚まし、取り戻させる、記憶を呼び起こさせることにある。死者への供物とは、死者の失われた記憶を呼び戻させ、取り戻すことである。

それは決して忘れてはならない記憶であると同時に、思い出すべきではない記憶でもあるのだ。なぜなら、それは死者にとっては苦痛でしかないのだから……。柳田碧二の詩を読み進めるごとに、徐々に狂っていく自分の姿を想像するのは恐ろしいことだったが、それ以上に、自分の心が少しずつ壊れていく様を想像することはもっと恐ろしかった。柳田碧二の詩を読むことで、まるで自分が自分でなくなっていくような錯覚に陥ってしまったのだ。

しかし、わたしにはもう引き返すことはできなかった。柳田碧二の詩を読んでしまった以上、もはや後戻りはできないのだ。これは呪いなのか？　それとも、試練なのだろうか？　あるいは罰なのかもしれない……。

わたしは覚悟を決めて、〈八方報〉の記事を読むことにした。柳田碧二が死んだ年の翌月に発行された〈八方報〉の一ページ目を開くと、次のような文章が目に飛び込んできた。

〈柳田碧二氏の遺作集を出版するため、出版社から連絡があった。柳田碧二氏は第一詩集『火垂』をはじめ、これまで多くの作品を発表してきたが、それらは未発表のまま埋もれているものも多く、それらすべてを本としてまとめようという試みであるらしい〉。柳田碧二氏が残した作品は四百点近くに上ると言われており、中には絶版となっているものもあるようだ。そのような事情もあり、今回の企画が持ち上がったようである。どうやら柳田碧二の死後、遺族によって発表された唯一の著作になるようであった。もちろん、柳田碧二自身の希望もあったのだろうが……。しかし、それにしても三百点近い作品が未公表のままで眠っているというのは驚きだった。わたしはそれらの作品を見てみたいと思った。いや、そうではなく、柳田碧二の詩をもう一度読みたいと思ったのだ。

それが花となるか石ころになるか、それはわからないが、何よりまず先に土の肥料になるべきだ。あなた方はそれを理解しているだろうか？　理解する気が本当にあるかどうかは疑わしいものだが。私はあなた方に教えねばなるまい、決してそんなことはできないということも。私のこの手が腐っても離れないだろうという絶望的な確信とともに…………それでも死ねないという無念をもって私は歌える！　おお、あなたはわかってくれるか？　私がどれだけ悲しく痛ましい思いをして過ごしてきたかを！もう、忘れることしかできない苦しみを知るがいい！　おお、思い出せなければどれほど楽だったかということを知ればいい！………

わたしはすぐさま〈八方報〉の発行元に連絡を取り、柳田碧二の作品をすべて閲覧できるかどうかを尋ねた。すると、担当者はすぐに調べて折り返し電話をくれると言うのだった。わたしは電話を待ちながら、どのような方法で柳田碧二の著作を調べればいいのだろうかと考えた。ネットを使って検索しても簡単に見つかるとは思えないし……。仮に見つかったとしても、そこで読むことができるとは限らないし……。そんなふうに悩んでいたら、突然家のインターフォンが鳴った。

わたしが玄関を開けると、そこに立っていたのは宅配便の男性だった。彼はわたしに「お届けものです」と言って小包を差し出した。差出人の名前は書いていなかったが、伝票を見てみれば確かにわたし宛になっているようだった。何だろうと思って包みを開けてみると、中に入っていたのは一冊の本であった。題名を見ると『火垂』とある。まさかと思い本の著者名を確認すると、そこには間違いなく柳田碧二の名前が記されていた。どうしてこの本が自分の家に届いたのかわからなかったが、とりあえず読んでみることにした。その作品はとても短いもので、たった数行しか書かれていない箇所もあったが、そこには柳田碧二の詩を思わせる言葉がちりばめられていた。そして、何よりも驚いたことは、見覚えのある風景がいくつも描かれていたことだ。

忘れられないものは決して心を変えることなどできはしない……この哀しみはただ深く沈めるための道具となりえない！　永遠に！　セックスは誠実かつひどく残酷なものとけつの穴への飽くなき熱望。誰もが言うだろう、お前たちは愛と呼ぶに値するものにはふさわしくみすぼらしい存在だと知るがよろしい。もはや、いかなる種類によってさえ正当化されることのない感情であることも知ったうえで生き続けるだろう、だが今しばらく安易に生きることができると信じ続ければよい――お前たちが何を信じていたところで誰れもそれを救うことすらままならず無意味だろう。

わたしは『火垂』を閉じ、深呼吸をした。そして、ようやく理解したのだ。なぜ柳田碧二が亡くなった直後に〈八方報〉で追悼記事が掲載されたのか？　なぜ彼が書いたとされる詩が掲載されなかったのか？　その理由はすべてここにあるのだと確信した。これこそがすべての答えであり、謎を解く鍵だったのだ。

そのときの衝撃を言葉で表現するのは難しい。だが、あえて言葉にしてみるならば、まさに「言葉を失った」としか言いようがなかった。頭の中は真っ白になり、何も考えられなくなった。思考が停止してしまったのである。それほどまでに激しい衝撃を受けたのだ。これほどまでに大きなショックを受けたのは生まれて初めてのことだったかもしれない。それほどまでに深い悲しみを感じたこともなかったのではないだろうか。なぜなら、わたしの心は激しく揺れていたからだ——喜びに打ち震えていたからである。
それは歓喜の瞬間だった。
ずっと探し求めていた真実を見つけ出したときのような感動を覚えた。その瞬間、わたしの全身に鳥肌が立ち、全身が震え始めた。心臓の音がうるさくなり、呼吸が激しくなった。そして、涙が止めどなく流れ落ちていった。

捕食者や彗星落下の原因により卵を失う恐竜。恋人たちの狂騒の結果凍える冬になる北極地帯での流氷のような悲劇がそこここから鳴り響く街へ——人間として私は歩いて行きたくない……ただ一つの救いを求めるために海原を渡りたいと願いたいほどの気もして……しかし……それはまったく違う気がしてしまう……私の中にある全ての絶望、虚妄を解き放った末には何も残されていないことに気付いている私がここにはいる。私にとっては何も変えられなかった過去のみが意味を持つ。

柳田碧二の死因は墜死である。彼は自らの命を賭して巨大な隕石を打ち落としたのだ。

彼はその生涯をかけて一つの詩を書き上げたのだ。その詩こそ『火垂』なのである。彼はその生涯の中でたった一つだけ書き上げることのできた作品を世に残そうとしたのだろう。だから、彼は『火垂』を発表することを躊躇ったのかもしれない。自分の死後に誰かがその作品を目にすることを嫌がったのだと思う。彼はきっと怖かったのだろう。自分の作品が誰かの心を揺さぶってしまうことが怖くて仕方がなかったのだろう。だからこそ、彼は誰にもその作品を見せようとはしなかったのだ。もしも、わたしが彼の立場にあったなら、やはり同じようにしたに違いない。自分がこの世に生み出した作品に対して、彼は最後まで責任を取ろうとしたのだ。たとえそれが世間から評価されなくとも、彼自身にとって価値のあるものである限りは……。

私の体が、その昔、その昔、死人のものであったとしても、
私の心が、その昔、その昔、死人の一部であったとしても、
私の体が、その昔、その昔、死人であったとしても、
私の心は、その昔、その昔、死人ではなかった。
私の心は、その昔、その昔、死人ではなく、生者であった。

「生者であった」。確かに柳田はそう書いている。その言葉を目にした途端、わたしは

涙があふれた。涙を止めることができなかった。次から次へとあふれ出てくる涙をどうすることもできなかった。わたしは声を押し殺して泣いた。わたしは声を上げて泣きたかったのだが、どうしても声を出すことができずにいたのである。わたしは柳田碧二を誤解していた。わたしは彼を頭のおかしい男だと思っていたのである。ところがどうだろう？　彼はとても繊細な感性の持ち主だったのではないか？　わたしはそのことに初めて気がついたのである。

柳田碧二にはわかっていたはずだ。この世の中に自分を受け入れてくれる人間は一人もいないということに。なぜなら、彼にとって自分は人間ではない存在なのだから。なぜなら、彼には自分自身が人間だとは思えなかったのだから。なぜなら、彼にとって人間の世界は地獄そのものだったから……。

私の心は、その昔、その昔、生者であったことを覚えているだろうか？
私の心は、その昔、その昔、生者だったことを忘れていないだろうか？
私の心は、その昔、その昔、生者であったことを忘れてはいないだろうか？
私の心は、その昔、その昔、生者であったことを忘れていないだろうか？
私の心は、その昔、その昔、生者であったことを覚えているか？

柳田が自裁した日、東京では小雨が降っていた。しかし、雨はすぐに雪に変わったという。空から舞い落ちる無数の白い結晶は、まるで花びらのように地上へと降り注いでいったことだろう。そして、その夜、都心の街は一面の銀世界となったはずである。その光景を眺めながら、彼はいったい何を思っていたのだろうか？　おそらく、彼はこう思ったのではないだろうか。雪が降る音を聞きながら、静かな夜を迎えられるなんて、こんな幸せなことはない、と……。

わたしは震える手でスマートフォンを手に取った。そして、そのまま電話を掛けた。相手はすぐに電話に出てくれた。わたしは声が震えていることに気づかれないよう祈りながら、相手に話しかけた。

「もしもし……」

「……はい？」

「あの……すみません……こんなことをお願いするのは申し訳ないのですが……」

「どうされました？」

「……ええ……実は……亡くなった方にお会いしたくて……」

「……わかりました。少々お待ちください」

それからしばらくの間があった後、電話口から声が聞こえてきた。

「お待たせしました。お名前をうかがってもよろしいでしょうか？」

名前。わたしの名前はなんだというのか。わたしには名前がない。いや、正確にはあったのだが、それはもう捨ててしまった。今のわたしにあるのはこの肉体だけだ。そうだ、この体は確かにわたし自身のものなのだが、はたしてこの体をわたしと呼べるのか疑問だった。この体はもはやわたし自身のものではないように思えてならないからだ。この体に宿っている魂は別の誰かのものなのかもしれない。あるいは、すでに失われているのかもしれない。わからないが、一つだけ確かなことがあるとすれば、この体の本当の持ち主はすでに死んでいるということだ。わたし自身が殺したも同然だ。それなのに、この体は今もなお動き続けている。この罪深い行為に対する罰を受けることもなく、こうして生き続けているのである。

そんなわたしに名乗る資格などあるはずもない。

忘れてしまったなら、もう一度思い出すんだ！　あなたが死んだらどうなるか教えよう。あなたの魂は天界へ昇り、神々の宴会に招待される。そして神や天使たちの食べ物となる。あなたの死体は腐敗し、土に還り、微生物たちによって分解される。微生物たちはその体を消化し、吸収する。彼らの血となり肉となる。そうしてあなたの肉体は、あなたの魂と再び一体化を果たす。

最後の共有地

The Last Commons

・このノートについて

天性の嘘つき、または宇宙時代のイノベーター、はたまた人々をあわや地獄へ落としかけた悪の化身として、いまなお毀誉褒貶ある有田《ありた》荘一《そういち》氏について、学生時代から彼を知る者としてノートを公開することにした。先に断っておくと、本稿は有田の擁護を目的とするものではない。彼の企てはやはり、社会通念上、許容されるものでないと考える。また、彼が自死を選んだことをもって、同情をひこうとするものでもない。あくまで、彼に近しかった、こう言ってよいなら友人であった一個人として、有田荘一という人物の見えざる側面を紹介したかったからである。以下は無料公開とするが、親族の所在もわからず連絡が取れないため、場合によっては非公開化する可能性もある。それでは、まずわたしの彼との出会いから語ってみたい。

・出会い

有田荘一、「イチ」の存在については、わたしがマサチューセッツ工科大学《MIT》の修士課程に入ってすぐにその名を耳にした。わたしは家が裕福でなかったため、給料が出るという修士課程から入ったので、学部時代から名を馳せていたという「イチ」に対しては、最初は、嫉妬ややっかみといった感情を抱いていた。これは誤解であったかもしれないとのちに判明するのだが、とりあえず一目顔を見てやろうと有田のいる教室を覗いたところ、実際、彼は苦労など何一つ知らぬような顔で飄々と電子黒板に数式をつらねながら、周囲の学生とディスカッションに興じていた。有田は他の日本人学生と距離を置くことで知られていたので、遠巻きに様子を眺めるにとどめようとしたものの、ふと黒板の式を見て声を漏らしてしまった。

「量子暗号通貨……完全自律型、かつ為替ヘッジ型無変動《ステーブル》コインだって？」

小さい声であったはずだが、有田はおやという顔でこちらを見ると、わたしを手招いた。電子黒板の前まで来たところで、肩に手を回してくる。その有田が、穏やかな英語で言った。

「ドルやユーロ連動の無変動《ステーブル》コインは便利なんだが、肝心のドルやユーロが変動するだろ。だから結局、為替リスクがあるのが気に食わなくてな。それなら、通貨そのものが為替ヘッジをしてくれれば、それこそ真の無変動《ステーブル》コインと呼べるものになる。感想を聞かせてくれないか」

問われ、わたしは電子黒板を前に腕を組んだ。

「……狙いはわかる。でも最大の障壁があるね。それはきみもわかってるだろう」

「社会だな」

いま振り返ると、この有田の一言は実に示唆的であったように思う。

「いつ、どういう規制が入って価格が崩れるかもわからない。しかも、そのリスクは全世界に及ぶわけだしな。ま、これはお遊びの思考実験だ」

有田が黒板のクリアボタンを押し、さっと画面がワイプされて消えた。

このときまだ自覚はなかったが、わたしは「合格」と見なされたようだ。以来ときおり、わたしは寮の部屋に呼ばれ、彼の仲間たちと話しこむようになった。日本人でありながら「イチ」の輪に加わることには、何か特別な存在になったような、優越感めいたものがあった。

有田は窓際でライトビールを飲むのを好み、酔いが回ると、戯れにこんなことを話したりもした。

「これは言ったっけ? 産まれた瞬間のこと、俺が憶えてるって話」

これはわたしの解釈だが、彼は嘘つきであったというよりは、弱味を人に見せまいとする性格であったのではないかと思う。それが、結果としてさまざまな虚飾を身にまとわせてしまったのだとしても。これについては、またあとで改めて触れてみたい。

・ZTCの仕組みについて

有田を中心に作り出されたZTCは、通貨であるとともに、思想でもあった。思想が、通貨の形を取ったとでも言うべきだろうか。これについては、わたしが書くまでもなく詳細な記事が多々あるものの、有田という存在のある種の象徴でもあるため、おおよその仕組みは説明しておきたい。

彼の人間性にのみ興味があるかたは、この項目は飛ばしてもらってかまわない。

ZTCの祖は、ヴィタリック・ブテリンが二〇一三年に構想したイーサリアムに求められる。イーサリアムの特徴はさまざまにあるが、主に三つに絞られるだろう。送金等を自動実行する「スマートコントラクト」をチューリング完全にし、それにより、あたかも世界をまたぐ一つのコンピュータのように動作すること。デジタルアートから実在の資源までを資産としてトークン化できること。ブロックチェーンを基盤にした、非中央集権的なアプリケーションの開発を促したこと。

有田が目指したのは、これを拡張し、ブロックチェーンを用いて複雑な合意形成を処理することだった。

たとえば肉眼でこそ見えないものの、夜空の向こうには資源を採掘する各国の基地がある。大国同士の思惑が嚙みあうはずもなく、宇宙条約や月協定といったものは空文化し、わたしの学生時代には、宇宙植民地主義とでも言うべき時代を迎えていた。

そこに有田が投じた爆弾が、ZTCであった。

いささか乱暴に説明するならば、採掘された資源は、まずZTCのもとにトークン化される。このトークンがブロックチェーンを通じて承認される過程で、ゲーム理論的に所有権の配分やその他諸々が決まる。そして買い手の側にも分け前を付与することで、ZTCを用いたほうが有利に取引できる状況を生み出し、国家や文明をまたいでZTCが用いられる状況を誘導する。こうして、いわゆる「共有地《コモンズ》の悲劇」を回避し、人類にとっての最適解を目指そうというのだ。

単純な例としては、過放牧した羊やラクダが、そうしなかった人間の所有物ということになったり、ロシア人が採掘した鉱山がアメリカのものと見なされたりと、そういうことが起きる。実際はもっと複雑に細分化され、合意の条件もまた随時更新されていく。

この一連のプロセスは「スマートコンセンサス」と名づけられ、それをプログラムするための高級言語がコンセンサス指向言語である。絶滅危惧種《レッド・リスト》といった外部リソースも参照できるので、持続可能な漁業などにも応用することができる。かくして、ZTCはいま現在もなお、利用されているというわけだ。

なお、ZTCは「ゼロトラストの合意《Zero Trust Consensus》」の略となる。

一言で言うならば、人間を信頼しない前提の合意形成ということだ。余談ながら、有田の部屋でライトビールを飲んでいるときに、彼がこんなことを言い出したことがある。

「アンチトラストは何を意味する?」

「不正な取引制限や協定、市場の独占の禁止……要は独占禁止法だろう」誰かが答える。

「それならゼロトラストは?」

「あらゆるユーザーやデバイスを信頼できないものと見なすセキュリティ」と、これはまた別の誰か。

「オーケー。ではトラストは?」

「さて。まっさきに連想するのは投資信託のたぐいかな」わたしがそう答える。

有田は一同を見回して、いつもの真意の読めない顔つきで言ったものだ。

「おかしくないか? そうするとトラストという言葉は、負のときに法律用語になる。ゼロのときはIT用語。そして正のときは、金融用語。人と人の信頼は、どこへ消えちまったんだ?」

・有田との日々
実際のところ、大学は与太話ばかりしていられるような場所でもなかった。

いつ勉強しているのだという猛者もいるが、基本的には、学び、研究の手伝いをして給料を得て、自分の研究も進め、そしてまた夜遅くまで学び、やっと皆に追いつけるか追いつけないかであった。少なくとも、わたしの場合は。

それでも、わたしは有田のグループに交ざりたかったので、時間を捻出して、できるだけ彼の部屋での雑談やときおり催されるパーティーに顔を出した。

有田は常に場の中心にいて、そして皆を笑わせることに長けていた。わたしはそんな有田に近づきたいと思った。いま有田がこの世になく、わたしのほうが研究をつづけていること自体、悪い夢のようだと感じることがある。まるで、世界のほうが間違っているかのような。

そういえば、嫌がる女性メンバーに別の学生がアプローチをかけるのを見た有田が、「二度とそういう光景を俺に見せるな」と冷たく言い放ったことがある。

彼はつづけてこうも言った。

「俺が興味があるのは精神だけだ」

誤解されたくないのだが、この一件をもって有田の株を上げようといった意図はない。誰にでも、このようなエピソードの一つや二つはあるものだ。ただ、重要な一言であると考え、紹介することにした。有田のこの台詞については、ひとまず心に留めておいてもらいたい。

公平を期すためというわけでもないが、彼の俗な側面も挙げておく。

例によって寮の部屋に集まっているとき、酔った有田が、死ぬと言い出して三階の窓から飛び降りかけたことがある。半数の人間は冗談だと思って放置し、わたしを含めた残りが真剣に止めにかかった。あれが本気であったかというと、少なくともそのときは嘘であったと思う。わたしはときおり、有田に「試されている」と感じることがあった。

・有田とのZTC開発

本稿の中心人物は有田である。だからわたし自身の話は余計だという思いと、なるべく自分の素性を隠したい気持ちがあったが、ここまで書いてみて、これはもう隠し通せるものではないし、また特段伏せるようなことでもないと感じたので、はっきりさせておく。わたしは、有田を中心としたZTCの開発メンバー——そのまま、あの部屋に集まっていた面々——の一人で、主にコンセンサス指向言語の設計と開発を担当した。あとは、検索すれば名前が出る。

当時、有田は助教授で、わたしはポストドクターであった。

ところで、わたしたちの研究開発を知ったある教授が、通貨名をIMGにしたらどうかと提案してきたことがある。誰もが知っているあの歌の歌詞、「すべての人々が世界を共有する」にちなんだものだ。このとき、珍しく有田が穏やかならぬ口調で反発してみせた。

「俺はあの歌は嫌いだ」——と。

ともあれ、こうしてIMG案は却下され、「ゼロトラストの合意」という身も蓋もない頭文字がそのまま採用された。有田はZTCの白書《ホワイトペーパー》を一人で書き上げた。これをもとに核《コア》となるプログラムが組まれ、量子暗号通貨としてのZTCは研究室から旅立った。

年々複雑化していく各国の利害関係がきしみを上げるなか、ZTCは耳目を集め、有田はあちらこちらで講演し、伝道師として普及に努めた。のちに彼が「嘘つき」と呼ばれるようになった、おそらく最大の一因である一言は、この時期に発せられたものだ。

「これからは、すべての人々が世界を共有するのです」

この厚かましい発言を知ったIMG案の先生は、発作的にゴミ箱を蹴り倒し、ついでウォーターサーバーの水をひっこ抜いてぶちまけるという凶行に及び、平和的でないとして処分を受けたというが、これはわたしも噂に聞いたのみで、尾ひれがついている可能性は否めない。

まず、ZTCはそれ自体が投資対象として、一部の目端のきく人々に買われた。はじめて本来の目的通りに運用されたのは、原油に対してであった。油田のオーナーが有田の口八丁に感動したということで、わたしたちは微妙な居心地の悪さを覚えたものの、開発メンバー皆で揃い、デリバリーのピザを囲んで祝杯を挙げた。わたしたちとしては珍しいことに、よく騒ぎ、よく飲んだ。原油の件がニュースになったことで、わたしたちが保有するZTCの時価が跳ね上がったことが、それに拍車をかけた。

場所は懐かしいあの寮の部屋ではなく、有田の研究室だ。

一人が帰り、あるいは一人がそのままソファで眠り、気がつけば起きてそこにいるのはわたしと有田だけになっていた。そこに、思わぬ歌声が聞こえてきたから耳を疑った。有田による替え歌だった。

「想像しなよ、天国なんかないって。上空にあるのは、ただ資源のみだ」

「嫌いな歌なんだろう?」

「ああ。いいところといえば、せいぜい命令形の言葉が一つしかないことくらいだな。一番気に食わない点は、宇宙時代のいまに至るまで、俺たちがこの歌をアップデートできていないことだ」

そう言って、有田はグラスに残っていたワインをあおった。

「親父が好きでよく口ずさんでたんだよ。それはもう、うんざりするくらいにね」

一瞬、有田の言葉の意味が取れなかった。それは、久しぶりの日本語だったからだ。

少し考えてから、わたしも日本語で応じることにした。

「そういえば聞いたことがなかったね。イチの親父さん、どんな仕事をやってたんだ?」

「会社員だよ」

それから、言うべきか言わないべきか、迷うような間があった。

わたしが黙して待っていると、根負けしたように有田がつづけた。

「……老後に一億円は必要だと友人に脅されたらしくてね。で、完全自由主義者《リバタリアン》の友人の勧めで、退職金も手持ちの資産も全部暗号通貨に投資した。それも、よりによって山っ気のある新興コインにね。あとはお決まりのコースだ。母が病気にかかって手術が必要だとなったときには、その手術費も残っちゃいなかった。仕方なくクラウドファンディングを頼ってみたが、変に悪目立ちして、自己責任だなんだと誰も手を差し伸べてはくれなかった」

「どうやって留学できたんだ?」――母はどうなったのか、とは訊けなかった。

「ほぼゼロ円に等しい残された無数のコインを少しずつ別の通貨にスワップして、売買をくりかえしたら、皮肉にも一億を超えた。あくせく働きもせずにね。これは言ったか? 俺は苦労なんか知らないって。要は、暗号通貨が母を殺し、暗号通貨が俺の道を拓いたってわけだ」

これが、わたしたちの最初で最後の日本語による会話となった。

彼は嘘つきだったのか。それとも、人間への信頼を心に秘めていたのか。実のところ、それはわたしにもわからない。もしかすると、誰よりもそれを知りたがっている一人であるかもしれない。ただ、この日彼が話したことは真実であったと信じている。

・宇宙植民地主義の終わり
ZTCの本来の用途が世に染み出していくにしたがって、徐々に、わたしたちへの批判の声も高まった。最初は新技術を訝しむ市井の人々が、ついで人文方面の学者が声を上げはじめた。正論もあれば、投げてしまったような言い草まで実にさまざまであった。

——ここには合意形成というものが備えるべき倫理がない。——終末期医療の合意形成といったトピックに、非中央集権の暗号通貨がかかわった場合の責任は誰が負うのか。——なるほど有用な技術かもしれないが、これまで培われた合意形成のマネジメントが失われるリスクは無視できない。——暗号通貨に信用がない以上、このシステムに信用があるとは言えない。——そもそもこれは合意とは別の何かだ。——とにかく度しがたい。

これらはおおむね有田もわたしも想定していたが、なかにはこんな素朴な声もあった。

——でも、これまで我々は現実的に大国間の合意形成を実現できたのか。——それもそうだ。——そもそも何が腹立たしいと言って、スマートコンセンサスとやらも、コンセンサス指向言語とやらも、いくら理解しようとしてもまったく理解できないことだ！

最後のものに至っては、有田は「こんな本音は見たことがない！」と喜び、なぜか相手の学者とコンタクトを取り、対談が実現するに至った。有田は例の天性の資質で相手の好意を得ると、次に往復書簡の企画が立ち上がり、それを一冊にまとめた電子書籍がそれなりに売れた。

そうこうしているうちに、漁業や鉱山、過放牧の対策などにＺＴＣは広がっていった。逆に、立法や国境問題、医療などの分野では役に立たず、向き不向きもまた判明した。

最後が宇宙だ。

当初、光速度以上では通信できない関係から、分散型ネットワークで処理をするZTCは地球外の資源採掘に向かないと考えられていた。しかし、宇宙で仕事をする者たちには、待つのに充分な時間があった。結果、採掘された資源がトークン化され、宇宙エレベーターを介して運びこまれるようになった。

このころが、わたしの人生でもっとも光に満ちていた時期であったかもしれない。すべてが、うまく進んでいるように思えた。

有田はすでに教授職に就いており、わたしも三十七歳にてやっと助教授の座を手にすることができた。地方の大学であったので、ついに有田とも離れることとなった。有田の性格上、別れの言葉も交わさないだろうと想像していたところ、思わぬことに、餞別として十万ものZTCコインを送金された。わたしはそれを、温かみのある贈りものとして受け取ることにした。

大切な局面を金に翻弄された人間は、金でしか愛情表現ができなくなることがある。わたしも、そういうことがわかる年齢となっていた。

・予兆

わたしが地方へ移ったことから、有田とのやりとりはウェブ経由の短文が主となった。

復活祭《イースター》や感謝祭《サンクスギビング》のグリーティングなどはいっさいなく、そのあたりは実に彼らしい。ZTC開発メンバーのグループトークも残っていたが、それぞれ別個にキャリアを積みはじめたため、たまに様子うかがいのようなメッセージが交わされる程度となっていた。

ちなみに、メンバーの一人は中国の陽明学を用いて暗号通貨の価格予想をするインフルエンサーとなっており、わたしなどはどうしたものかと頭を抱えたものだが、有田は気に留めなかった。

「別に誰がどうしようと自由だ。ただ、ちょっと興味深いこともわかった。これを機にクラスタ分析をしてみたところ、暗号通貨界隈とスピリチュアリズムの親和性が高いことが判明したんだ。相関度も、年々上昇しているようでね。いったい、これはどういうことだろうな?」

これには、へえ、とか、興味深いね、とか、その程度の返答しかできなかった。ただ、これはもしかすると形を変えた彼自身の話であったかもしれない。

ときには、気まぐれに思考のメモのようなものが送られてくることもあった。

「あらゆる資産は幻想だ。ゴールドに希少性があるから価値があるというなら、誰も知らないような少部数の本なんかはどうだ? 法定通貨の裏づけは、それが事実上の国債を介した債券だという側面だろうが、別にこの債券は何も保証しない。過度の自動売買が、無価値な企業の株価を吊り上げる。問題は、すべてが宗教であり、でもそうだからこそ、信じてもいない宗教に分散投資しなければならないジレンマがあることだ」

これは解読するのに時間がかかり、病んだ思想の気配を感じ取り、返信はしなかった。わたしが彼を止められただろうとは思えないし、そういった考えは傲慢であるだろう。だが、病んだ彼に返信の一つでも送ったほうがよかったかもしれないと後悔は残った。そういえばあれは、偶然かもしれないが、ZTC投資に失敗して自殺した英国人のニュースが流れたころだった。

問題のメッセージを受け取ったのは、例の件から一ヵ月ほど前のことだ。

「ところでZTCの価格だが、対数グラフで上昇並行チャネルをひいてみたところ、いまが週足レベルの天井だとわかった。ドルや無変動《ステーブル》コインに換えておくことを勧める」

わたしはこの助言には従わなかった。仮に損をしても、コインを保有しておくことが有田とのつながりであるように感じられたからだ。結果として、この判断は正しかった。あとになって、チャート分析ツールで当時のトレンドを確認してみたが、このときのZTCの価格は天井でもなんでもなかった。有田の助言は、予告であり、インサイダー情報であったのだ。

ところで、他通貨も含めた暗号資産の時価総額は、全世界の資産の半分ほどにまで迫っていた。これには、ZTCが暗号通貨と資源を紐づけてしまったことも関係している。

有田の計画がいつからのものかはわからない。ZTCが実運用されはじめたころか、こうした状況を受けて背を押されたのか。あるいは彼が学生だったころ、そもそもの最初からか。

いずれにせよ、わたしたちとしては結果を見て、そこから判断するしかない。

・謀略の技術的基礎——二〇一三年にロールバックして

これはすでに周知のことであるが、いまもつづくウェブの議論を見る限り、誤解もあるようなのでざっと記しておくことにした。ここも、興味のないかたは飛ばしてもらってかまわない。

ZTCの祖にイーサリアムがあることはすでに書いた。

イーサリアムの眼目の一つは、スマートコントラクトにおける送金等の実行プロセスをチューリング完全にしたことだ。なぜ当時これが発明であったのかというと、停止性問題として知られる問題があるからだ。あるプログラムが無事に実行され終了するのか、それとも処理を抜け出せないまま無限に実行されつづけるのかは、予測することが不可能であるということだ。

これはすなわち、ブロックチェーンが停止しかねないことを意味する。

したがって、イーサリアムはガスという概念を導入した。昔の自動車のようにガスの上限があり、ガスを消費しながらプログラムを動かし、ガスが尽きればそこで止まるということだ。乱暴にまとめてしまうなら、通貨が自分自身を燃焼させることで、通貨そのものが成立する仕組みということになる。

基本的にZTCもこの手法を踏まえているが、その一方で、スマートコンセンサスは性質上、こみいったプログラムを要する。コンセンサスが別のコンセンサスを参照し、それがさらにまた別のコンセンサスを参照する。有田が着目したのは、そのなかに、ほとんどのコンセンサスが結果的に参照しているライブラリがあることだった。

そこに、有田は一見そうとわからない無限ループを仕込んだのだ。

ブロックチェーンを止めてZTCを一気に燃焼させ、金融市場を混沌に陥れるために。

「我は死なり」

有田がウェブでそのように発言したとき、わたしは嫌な予感がして有田のいる東海岸へ車を走らせた。他方、一部のホワイトハッカーが同じく予感に動かされ、ものの数分で有田のライブラリ改竄を見つけ出し、すぐさま元の状態へとロールバックさせた。

かくして、有田の企てはあっさりと未然に防がれた。

これは彼らしくもない印象で、顚末を見れば、犯行声明めいた一文も余計であったはずだ。この一文をもって、彼は止めてもらいたがっていたのだと庇う向きもあるが、それに与することには抵抗がある。すぐさま動いた人たちがいなければ、有田の企ては成功した可能性があるからだ。そしてそれは人々の財産を、ひいては命までをも奪うかもしれなかった。

・別れ

有田の遺体を最初に発見したのはわたしである。

当時彼が居を構えていたのは、ニューヨークのアッパーウエストサイドの高層マンションだ。有田はエントランスの顔認証や指紋認証を、ZTC開発メンバーであれば誰でも通過できるように設定していたので、部屋に入ることは容易だった。

ドアを開けた瞬間の臭気で、予感が確信に変わった。

文字通り、死がぶら下がっていた。

セントラルパークを見下ろす三十二階の大きな窓の前で、有田は縊死していた。いつかと同じ銘柄のライトビールの缶が、一つだけ転がっていた。わたしは彼の遺体を下ろすと、発作的に別れの口づけをして、それから警察を呼んだ。

ところで、このときは動顛して気づかなかったが、有田は遺書を残さなかったと聞く。だから彼の企ての理由も——おそらくは復讐であったのだろうと思うが——また自死の直接の原因もはっきりしたことは言えない。もう少し弱味を見せ、わたしを信じ、わかりやすいSOSを発してほしかったという恨みはある。

窓から公園を見下ろし、警察を待つまでのあいだ、わたしは有田の寮の部屋のことを思い出していた。窓際に座る有田はライトビールを傾けながら、こんな問いを発したものだった。

「最後の共有地《コモンズ》はどこだと思う?」

宇宙、と誰かが答え、ブラックホール、とまた別の誰かがひねった答えを挙げた。

有田は首を振ると、こつ、と人差し指で自分のこめかみをつついた。

「人間精神さ」

誰もぴんと来ないなか、有田は泰然とつづけた。

「言い換えるなら、内宇宙。そして、その内宇宙の資源の争奪戦が起きている。パワーゲーム、エコーチェンバー、フェイクニュース、情報の洪水……。俺たちは自分自身知らずして内心を争奪され、主義や主張までをもほとんど自動的に決められていく。あれさ。共有地《コモンズ》の悲劇だ」

そういうものだろう、と誰かが応じ、有田はというと、ゆっくり首を振った。

「内宇宙の資源分配を最適化し、また開けた牧草地を取り戻す。俺は可能だと思う」

このやりとりに特別な意味はなかったかもしれない。彼得意の、お遊びの思考実験にすぎなかった可能性はある。それでも、あのときわたしが彼の言葉に打たれたのも事実だった。電子黒板を前に、もっと具体的なプランを詰めてみたかった。だからこそ、こう思わずにはいられなかった。なぜわたしは、そしておそらくは彼も、このことを忘れてしまったのだろうと。
遠く窓の向こうに、公園で遊ぶ父子の姿が見えた。

行かなかった旅の記録

Memorandum of an Untaken Trip

2021.8.18 Kathmandu

宿のベッドでネパールの地図を広げているところに、ラインで伯父の訃報が入った。

このあたりが、スマホもグーグル翻訳もなかった昔の旅と違うところだ。返信をあれこれと機械的に直しているうち、急に、殴られるみたいに伯父の記憶が呼び起こされた。

二十代のころだ。親戚の集まりの最中、「どういうふうに死ぬのがいい？」と唐突に伯父が訊ね、幾人かが幾通りかの答えを出したあと、「旅の最中、町から町へあてどなく移動するそのどこかで野垂れ死にたい」とぼくは言ったのだった。それは確かに本心であったのだけれど、いま振り返ると、なんとなしに、ひけらかしめいた鼻持ちならないものが感じられる。でもそのときは、少しだけ伯父がまぶしそうな顔をしたのを見て、どうだと思った。

家庭を持ったいまは、あのときの伯父の気持ちがわかる気がする。同じ質問をされて同じ答えをしたら、たとえば妻はどう思うだろうか。実際、いまこの問いに答えを出すことはできない。少なくとも、あれが相当ひどい部類の答えであったことは疑いない。

他の親戚、とりわけ伯父は、あのときどんな答えを出していただろう。それをどうしても思い出せなくて、自己嫌悪にかられた。思い出せない理由は二つだ。まず、ぼくが鼻持ちならない野郎で、そして自分にしか興味がなかったこと。もう一つは、皆の答えが、凡庸な、無難なものだっただろうからだ。でも、その凡庸にこそ宿る真実を、たぶんぼくは記憶していなければならなかった。思うに大人というやつは、他者のそういう部分こそを、ちゃんと大切に憶えているものなのではなかろうか。

伯父は望み通りの最期を迎えられたのだろうか。そうではないだろう。考えがまとまらないまま、事務的なメールをいくつか出し、タメル・チョークに出てネパール風のうどんを食べた。明日は朝早くから長距離バスだ。寝る前、念のため国内のマオイストの動向をチェックした。

2021.8.19 Kathmandu → Pokhara

陸路の移動、それもバスが好きなのだけれど、さすがに気分が晴れない。Wi-Fi スポットで「葬式 行けない 香典」などとグーグル検索をする。ミネラルウォーターやバナナやクッキーを買いこみ、バスの座席で膝に乗せ、流れはじめる景色に目を向けた。

伯父がアルツハイマーと診断されたのは、十年くらい前だっただろうか。やがて症状が出はじめてから、親族の一人が深刻な顔つきで「ついにはじまったか」と低くうめいたこと、そしてその一言に対して抱いた憎悪めいたものが思い出され、胃のあたりに垂れこめた。一応附しておくと、その人はぼくよりも伯父と親しく、ぼくよりも伯父を案じ、憂えていた。あの低いうめきとて、そこに他意はなかった。でもなぜか、それを受けてぼくの心は閉ざされたのだ。

言うなら、なんらかの悪を感じた。

これを説明するのは、たぶんすごく難しい。いまこの瞬間も、世界中でこういう話がなされていて、また、ぼくのように感じる人もいるはずだ。そして、その理由はおそらくそれぞれに異なる。ぼくの場合は、まず口調の深刻さや言葉の強さのようなものが受け入れにくかったというのがある。わかっていたことなのだから、無言で流してほしかった。実際、ぼくが伯父であればそうしてほしいと思う。

そしてあれはなんていうか、戦争の話が好きな反戦主義者が、シリアとかアフガニスタンとかについて触れるときの口調に似ていた。そこには、それぞれの土地に住まう人々についてとは別に、戦争という一種究極の事象に対する問題意識が含まれる。それはときに文学的な意識ですらあるだろう。でも、ぼくはたぶんその意識にこそなんらかの悪を感じるのだ。あの一言には、アルツハイマーという一種究極の病に対する問題意識が含まれていた。

でも、そうだったからといって、なんだというのだ?

これについては、どちらかというとぼくの側に別種の悪が潜んでいそうだ。

夕方、バスがポカラに着いた。湖を街が囲み、アンナプルナの峰を望む観光地だ。ここへ来るのは実に三度目。あいにく、空は曇っていてそこにあるはずの山々は見えない。なんとなく昔ながらの旅がしたい思いがあり、オンライン宿泊予約はしていない。いくつか宿を見て回り、四軒目に中庭のきれいな宿があったのでそこに決めた。

当たり前に湯が出て、昔のような頻繁な停電もない。それが少し物足りない。

2021.8.20 Pokhara

湖を前にしたカフェを見つけて入ったものの、観光客向けの店とあって値段が高い。

十八年前にこのあたりに来たときは、古書店でチェスタトンの著作を求め、辞書を片手にカフェに入り——そこで、CNNだかBBCだかの、イラク戦争開戦のニュースを目にした。フランス人が、イスラエル人が、韓国人が、画面に食い入って一言も発さなかった。いま、もしここにテレビがあったならば、やはりアフガニスタンの報道ということになるのだろうか。が、いまはぽつぽつと席を取った観光客がスマートフォンに目を落としたままだ。

伯父の一件がなければ、ぼくもそうしていただろう。なんだか家の布団でツイッターをやっているか海外でツイッターをやっているかの違いしかないようで考えさせられるが、事実そうであり、「考えさせられる」というのは嘘で特に考えはない。昔はよかったみたいな雰囲気の物言いになってしまうと、時代に適応していない人間の見本として晒し上げられそうだから、それが嫌で一言くっつけただけだ。言葉の劣化……いや、なんでもない。考えさせられる。

伯父はその生涯のほとんどを経営者としてまっとうした。

隠れた趣味に絵や植物栽培があり、絵については、たぶんだけれど一度は本気で画家を志した人間のそれであったと思う。だからアルツハイマーと診断されたとき、母がプレゼントとして絵の具のセットを伯父に贈った。が、母の気持ちは届かず、伯父に怒鳴りつけられ、突き返されたか何かしたとのことであった。母は何が起きたのか全然わからぬまま、弱音をこぼした。

——意味わかんない。なんでだろう？

——いや、このこと、ぼくはちょっとわかる気がするんだ。

話を「いや」ではじめるのは、ぼくの悪癖の一つだ。

——本当？　こんなこと説明できるの？

——伯父さんはさ、その一生を会社経営に捧げた。別に経営者でなくっても、会社ってのはとにかく大きな存在なわけで、ときとして自分の一部になっちゃうんだよ。

——それで？

――こういう診断が下されると、経営をつづけるのは難しい。神経も過敏になるよね。そこに、絵の具のセットを届けられたら、それはもしかしたら、こういう声として轟くんじゃないかな。つまり、〝おまえは終わりだ。引退して絵でも描いてろ〟……。

この解釈があっているかはわからない。伯父の立場であれば、自分はこう受け取ったかもしれないというだけだ。ぼく自身、会社がほとんど自分のすべてみたいになってしまった一時期はある。いずれにせよ、この説明は母を納得させたようだった。

いま、絵心は伯父の娘さん、すなわちぼくの従姉妹に受け継がれている。

遠くの山を見ながら、明日はトレッキングでもしてみようかと考える。でも十八年前とは違うし、膝とかは大丈夫だろうか。試しに膝に触れてみるが、膝はイエスともノーとも答えない。

2021.8.21 Pokhara

トレッキングのガイドを探すものの、皆、一日百ドルだとか二百ドルだとかわけのわからない値段をつけてくる。「それはあなたがたの平均月収ではないか」と周囲を指し、「真面目に働いているあの人たちに悪いと思わないのか」などと反論を試みるも、まるで攻撃が通らない。

実際のところ、五十ルピーのドミトリーに泊まっていた昔とは違う。二百ドルくらい別にかまわないのだ。ぼくにこういうふうに言われ、少しでも良心の呵責が顔に出るような相手であればそれでよかった。ところが、返ってくるのはああだこうだと空疎なセールストークばかり。なんだか嫌になってしまって、一日、宿にひきこもった。

無性に意味のないことがしたくなり、宿のWi-Fiで「囲碁クエスト」という囲碁アプリの対局をしてみる。さすがにネパールからログインしてくるやつは少数派というか、たぶん自分一人ではないだろうか。結果は二勝四敗。うち二敗は、回線断で負けとなった。

アプリを閉じて、そしてまた伯父のことを思う。

贈りものをもらって激怒したという伯父の姿は、ぼくからすると意外なものだった。

そもそも親戚づきあいが苦手というか、ぼくは社交全般にエネルギーを消費してしまうタイプなので、親戚の集まりにもあまり顔を出さなかった。「どういうふうに死ぬのがいい?」と伯父が皆に聞いたあの会に出たのも、年に一度とかそういう代物であった。

ぼくの記憶する伯父は、基本的には無口で、焼酎が好きで、談笑する皆をにこにこと眺めている印象だった。必ずしもそうでない激しい一面があったらしいことはたまに耳にしたものの、思い出されるのは決まって笑顔だ。

ぼくがほとんど帰省というものをしないのに対し、伯父の家の子供たちは何かと実家に集っていた。それはたぶん、彼らが社交的だったとかそういうことではなくて、ずばり言ってしまうなら、ぼくにとって実家が帰りたい種類の家ではなく、伯父の家は、温かみのある、帰ればなんらかの安心感を得られる、少なくともそういう記憶を残した家だったということだ。

何かを親のせいにするのは、えてしてどこか子供のまま自立していない本性めいたものを匂わせる。それでも、逃れられないものはある。実家といってぼくが最初に連想してしまうのは、終わらない口論や何かが投げられる音、暴力の気配、怯えながら毛布にくるまっていたこと、そして子供心に、この連鎖を止めるには自分が子供を作らない以外ないと決意したことなどだ。ところで、その後時を経てぼくは妻との不妊治療に失敗する。八歳だか九歳だかそのころの反出生主義が呪いと化し、三十年後の自分を襲ったような気すらする。

それにしても、なぜ本邦では周回遅れもいいところみたいなタイミングで反出生主義といった用語が流行したのだろう。いや、流行したか？　まあいい。このあたりを深掘りすると、何か知見が生まれてきそうな気がする。逆に、薄っぺらい文化人トークが発生しそうな気もする。このごろすべての興味に対して、この二つが同時に予測され、なんだか立ち止まってしまう。

そういうのが嫌で、旅に出てきたのだ。

移動することが好きだ。移動している限り、どうでもいい概念をいじくりながら自家中毒を起こしたりはしない。頼まれてもいないのにつまらぬインフルエンサーの動画をわざわざ見に行って心の水位を下げるようなこともない。

結局、ぼくはぼくの本性をずっと早くに言い当てていたのかもしれない。

――旅の最中、町から町へあてどなく移動するそのどこかで野垂れ死にたい。

2021.8.22 Pokhara

伯父の葬式の写真が送られてきた。ラインで大量にどかんと母が送ってきたため、宿の貧弱なWi-Fiのせいで、目を覚ますなり延々とスマートフォンを手に待機することとなった。目をひいたのは、伯父の写真を集めたコルクボードの写真だ。拡大してみると、その一葉一葉の細部までもが見えて、最近の携帯のカメラはすごいな、と我ながら実に凡庸な、でもたぶんこの瞬間も百万人くらいが口にしてそうな独言が漏れた。

思わぬことに、ぼくの結婚式の写真もあった。あれはもう、伯父が発症したそのあとのことであったけれども。拡大された伯父が、笑ってぼくらを祝福している。その隣には、拡大された伯母がいる。ところでぼくが行かなかった旅の記録を書いている最中、奇しくも妻は釣りに出たらしく、その報告のメールも届いた。全然釣れなかったとの由。

喪主である伯母は、伯父が元気なうちにもっと一緒に旅行などをしたかったという。ところが実際は、昨年に彼女の母、つまりぼくの祖母が亡くなるまで、責任感の強い伯母はずっとその介護に追われていた。何もネパールまでヒマラヤを見に来る必要はない。

もっと時間を作って、群馬あたりの山の渓流でも行ければよかった。そこでヤマメの一匹でも釣れれば、なおのこと。

残念だが仕方ない。

それから、やはりトレッキングには行こうと思った。ぼくはときおり、旅に出られない人のかわりに旅に出ているような、そんな錯覚、関係妄想にとらわれることがある。それにしても、ガイドをどこで探すべきか。トレッキングのガイドが集まるような場所はだめだ。そういう場には、できる限りぼったくろうという暗黙の合意があるし、ガイドたちもそれに逆らえない。

しばし考えてから、散歩していているていで、ぶらつきながらそのへんを歩くガイドを見つけようと結論した。こちらから識別することは可能だ。多文化をまたいで活動している人には、独特の目の光がある。無配慮な表現を用いるなら、日本人と日系人のような微妙な差がある。

まもなくしてガイドは見つかった。

それはぼくのすごい観察眼によるものではなく、偶然、レイクサイド・ロードを歩いていた西欧人の旅行者と立ち話になり、おすすめのガイドを紹介されたのだった。いわく、気づかいが行き届いていて、そして喋りすぎない。静かに考えごとをしたいぼくにとっては、喋りすぎない、というのは魅力だった。

――値段は？

――ガイドの言い値は一日二十ドル。値切れると思うけど、俺はこれで満足したよ。

静寂の代金としては悪くない。ぼくはその旅行者からガイドの連絡先を訊き、コンタクトを取った。ガイドはディペスという名で、すぐに英文のメールが来た。明日からでも大丈夫ということであったので、さっそく彼に頼むことにした。

アンナプルナのベースキャンプまで行くこともできるが、さすがに体力に自信がない。近郊の標高一八〇〇メートルの村、ダンプスを訪れ、一泊して戻るコースを頼んだ。

2021.8.23 Pokhara → Dhampus

早朝、荷物は部屋に置いたまま、サブバッグのリュックサックだけ背負って宿を出た。ディペスは中庭のプラスチックの椅子で空を仰いでいた。初対面なのにこちらを一瞥しただけで、

――よし。では出発するか。

言葉短く告げて、すっと立ち上がった。

まず、ディペスが手配した車で、トレッキングの出発点となるフェディへ移動した。

ポカラの標高はだいたい八〇〇メートルくらいなので、それほどの高度差はない。少し、アンナプルナ山群に近づいてヒマラヤの雰囲気を感じたいというだけだ。それでも、

延々と山にへばりついた急な坂道を前にしたときには呆然としてしまった。

数十メートル登っただけで、もう息が切れる。ときどき声を上げて休憩を求めては、ふたたび坂に挑む。それでも、登るにつれ見晴らしがよくなってくるので気持ちがいい。段々畑、いやあれは棚田か。それが、緑深い山の麓にひしめいている。鳥が飛んだ。

登り切った先が、ダンプスの村だ。

峠の茶屋のような店があって、そこでネパールの餃子、モモを食べた。よかった、遠くにちゃんとヒマラヤが見える。十八年前はなかなか晴れてくれず、ネパールまで来たというのに全然山脈が見えなくて、それをついに目にできたのがこのあたりだったのだ。

エベレストベースキャンプへのトレッキングの存在を知ったのもそのころだ。当時は貧乏旅行で、真の目的地がアフガニスタンであったので、いつか行こうとそのままになっていた。当時はいつでも、どんな場所にも行けると思っていた。でも、体力の問題もある。それ以前に、ほとんど無条件に行けなくなってしまった国もある。たとえばそう、アフガニスタン。

ロッジに荷物を置いて、村を散策した。

左右には棚田やいまも現役で使われる石造りの古民家。疲れた肺に、澄んだ空気が沁みる。喋りすぎない、という評判通り、ディペスはほとんど無言でぼくの背後を歩き、

——その足場は崩れやすい。

などと、ときたま声をかけてくるのみだ。その後寺院なども案内されたが、ぼくは人の作ったものにあまり興味がない。ときたまいる、世界遺産をスルーするタイプの旅行者だ。人の作ったもので好きなのは、標高四〇〇〇メートルの村の石垣であったり、砂漠を真っ二つに分断するアメリカ西部の一直線の道路であったりする。

ロッジに戻り夕食にありつく。ネパールの定食、ダルバートだ。豆のスープに米、野菜、漬物。全体的にスパイスが少なく、食べやすいのは昔と変わらない。ベッドに横になり、日本は盆の終わったころか、といまさらのように思い出す。

それから、世界各地の死にまつわる日の分布を見てみようと、検索をかけてみた。韓国の盆にあたるものは、おおむね日本と近い。メキシコの死者の日は十一月の頭。ほぼハロウィンと一致している。キリストの磔刑は……いや、その後復活したんだっけ。ややこしいな。「キリスト　いつ死んだ」などと頭の悪い検索をかけるも、磔刑の日ばかりが出てくる。

そろそろ寝ようかというところで、部屋の戸が叩かれた。

——星がきれいだ。見ておくといい。

ドア越しにディペスの声がしたと思ったら、もう立ち去っていく足音がする。リュックサックを開けて、外に出るためにに羽織るウィンドブレーカーを出した。

2021.8.24 Dhampus → Pokhara

ダンプス村からさらに歩いた先には、サランコットという村があると聞いた。山脈を一望できるビューポイントがあるという。行くこと自体はわけがないし、こうなれば、たぶんほとんどの人が足を延ばしてみることだろう。でも、なんとなく面倒であったので、このままポカラへ戻ることにした。ぼくにはこういうところがある。

——そうか。

とガイドは短く応じたのみで、朝早くからポカラへの帰途についた。旅行者の性として、来た道をそのまま戻るのはなんとなく損である気がする。それは、すでに一度見た景色であるからだ。そこで、円を描くようにポカラへと戻れないかと訊ねてみた。しばし、地図でも思い浮かべているのかディペスが目をつむった。

——ないな。来た道を戻るしかない。

こうなれば彼を信じるよりない。来た道を戻り、車でポカラの湖のほとりに下ろしてもらった。ケンタッキーフライドチキンがあったので、試しに入ってみる。普通。それから、昔立ち寄った古書店を探してみたが、見つからなかった。街並みも、十八年も経ってしまえばだいぶ違う。そのことが寂しい。正確には、寂しがりたい気持ちがある。

ところが、思考がその方向へ動きはじめるや否や、

――よその街の変化を寂しがる権利は旅行者にはない。

――街の発展を素直に喜べないのは間違っている。

――老害。

――「現代人が失ったもの」とかそういう言葉が好きそう。

――リベラルの傲慢。

などと、次々に脳内クソリプがついていく。クソリプはネパールのポカラまでも追いかけてくる。かくして昔を懐かしむこともできず、無に漸近する。これはおそらくは自分の弱さだろう。でも絶対ウェブの愚か者どもも悪いと思う。


脳。

伯父の脳のCTだかMRIだかの画像は、初診時、すでに片方が真っ黒くなっていたという。そしてこの病は、よく知られているように、最近あったことから順に、過去にさかのぼって忘れていく。昔何かで「最後には赤子に戻る」といった言い回しを見たときは、ふざけんな、と思った。記憶を失うという人一人の実存の危機において、あたかも自然の摂理でも説くように、ふわりと万人受けするような、ちょっと救いがあるみたいなことを外野が言うんじゃねえと。

でも、翻るにどうだろう。ぼくらは常に「現在」を競っている。これはいまこそ読むべき本です。わたしはいま現在の世界の問題に目を向けてます。わたしは価値観のアップデートをしています。SF的想像力。ネクストブレイクしそうなものにとりあえず唾をつけろ。感性が鈍ってないことを示せ。その競争に勝て。なんでもいいからアクチュアルであれ。

伯父は不運であったと思う。

あれは当人にとっても、周囲にとっても、これ以上ないくらいしんどい病だ。それでも、どうだろうか。こうなると、もはやアルツハイマーに罹りでもしない限り書けないものってやつがどこかに眠ってはいないだろうか？

明日からは南下して、陸路でインドを目指す。

2021.8.25 Pokhara → Lumbini

例によって早朝に起き、南下するためのバス溜まりに向かった。チケットは宿の主人に頼んですでに取ってある。それにしても、昼夜逆転の生活が、旅に出ると不思議と早寝早起きになる。眠るのに睡眠薬もいらない。ついでに人見知りが社交的になる。それは必要だからそうなるわけだけれど、なんていうか必要は発明の母であるばかりか、健康の母だ。

ポカラからルンビニへは、バスで約六時間。

ここも、十八年前に通った道だ。インドとの国境付近にあるルンビニは、釈尊生誕の地。もっとも旅人的には、ネパールとインドを行き来するにあたって、国境のそばにあるというその立地から、ついでまいりのように立ち寄られる印象もなきにしもあらず。

通過してインドに入ってしまってもよかったが、キリストの復活等々について調べてしまった行きがかり上というか、すぐそばの釈尊生誕の地も、このさいだからもう一度見ておくことにした。

釈尊関係では、十八年前にブッダガヤのスジャータ村を訪れたことがある。

村を回るにあたって、自転車をレンタルした。どうせなら悟りを開きたいので、釈尊が修行をしたという岩山へも行こうと思った。が、思いのほか遠く、脚も疲れ、岩山が遠くに目視できたので、これでよしということにして引き返した。ぼくにはこういうところがある。

ルンビニについては、熱心な仏教徒ではないため特に感慨はなかった。

やはりぼくはインドのバラナシとかのほうが断然好きなようだ。その土地の信仰の、息吹や脈動が感じられる場所が好きだ。肌や目の色がどうでもいいように、開祖がどこで生まれたとかには興味が持てないということなのだろう。問題は精神だからだ。一個の浮遊する精神が刹那光り輝けばそれでいい。それ以外の言葉はすべて余計だ。

袋ラーメンの行商人が来たので、デザインで選んで適当に四つ買った。

二十三歳のころ、はじめて南アジアを訪れたときは、移動するごと地図に定規で線を引いた。線は徐々に複雑化し、網の目を作り、それはまるでニューロンのようでもあった。そのニューロンも、いずれは一本一本切れていき、やがては失せる。いつか見た国境の涸れ川にかかった長い錆びた鉄橋も。あるいは、夏の荒川沿いの野球場で散歩途中にぼんやりと眺めたワンゲームも。行った旅は、行かなかった旅になる。そして、伯父もおそらくはそのように。

ペイル・ブルー・ドット

Pale Blue Dot

宇宙へ行きたいと思わなくなって、どれくらいが経つだろう。

コンパイルエラーの表示を前に、ふとそんなことを思った。エラーの原因は、つまらないケアレスミスだ。ため息と同時に、腹が鳴る。時計を見ると、二十二時すぎだ。夕食に出ることにして、PCをロック画面にした。

ロック画面の壁紙は、一番好きな写真の一つ。

ペイル・ブルー・ドットと呼ばれるものだ。

撮影されたのは、一九九〇年。遠く、六十億キロメートル先から撮影された地球の写真だ。太陽系を離れるボイジャー一号に、振り向かせて撮影させたものだそうだ。

写真の地球が淡く青い点であったことから、ペイル・ブルー・ドットと名づけられた。

こういう写真があると教わったのは二〇〇〇年、わたしが小学五年生だったころだ。教えてくれたのは、SF小説のファンであった父。父によると、写真は青や黄、紫といったフィルターをかけた撮像管で撮られ、テープに保存されたのち、地球に送られてきたのだという。

問題の青い点、地球は右側のほうにぽつりと写っている。

我々のあらゆる営みも、歴史も、これまで生まれて死んでいったすべての人も、この小さな点のなかにある。そう思うと、奇妙な心持ちがした。わたしがはじめて宇宙に興味を持った、行ってみたいと考えるようになったその瞬間だ。

壁紙にしているのは、その初心を忘れないため。

ただ、いまそれを目の前にしても、子供のころのあのわくわくした気持ちは戻ってこない。戻ってきてほしいけれども、戻ってこない。だから思う。

宇宙へ行きたいと思わなくなって、どれくらいが経つだろう——、と。

フロアのカードキーをかけた首をぽきりと鳴らした。

この時間にあいているところといえば、二十四時間やっている蕎麦のチェーン店か、あるいはコンビニか。それ以外には特に何もない。本当は私用外出なのだろうが、これくらいの時間に食事に出ることは黙認されている。

いまわたしがいるのは、五階建ての本社ビルの四階だ。

この階はソフトウェア班によって占められていて、総勢十六人の飛行ソフトウェアチームのうち、五名が居残っている。地上局ソフトウェアのほうは、すでに皆退勤していた。できて日の浅い会社なので、フロアの三分の一くらいはまだ空白。だから、フロアはだいぶ薄暗い。

会社の名は、株式会社スペキュレーション。

この名前には、投機と思索、その二つの意味があるそうだ。作っているのは、リモートセンシング向けの小型衛星。簡単に説明するなら、地球を観測する人工衛星の会社ということになる。その衛星に組みこむソフトウェアの開発が、わたしの仕事だ。

カードキーで出入口を解錠し、ロッカーの並んだ廊下に出た。USBメモリ類はもちろん、スマートフォンやその他電子機器も会社支給のものを除いては持ちこめないので、それらはこのロッカーに入れる決まりになっている。出る前にロッカーを開け、私用のスマートフォンだけ取り出した。

エレベーターで一階に降り、スタッフ用の通用口から街に出る。

場所は東京の東、地名が千葉県に変わる手前あたりだ。

蕎麦屋に向けて歩きながら、脳内のエディタにさっきまで書いていたC言語のプログラムを思い浮かべた。エラーの原因は、つまらないタイプミスだ。だいぶ疲れていると見える。

前かがみになり、目頭を揉んだ。

プログラミングを支援するコパイロットAIなどがあれば、こんなことは起きなかっただろう。でも作っているシステムがシステムなので、それを使うことは現状禁止されている。

宇宙向けのシステム開発は、さまざまな面で特殊だ。

冷却に空気を使えないし、打ちあげ時には強い振動がかかる。

そして、遮蔽困難な放射線がある。宇宙環境においては、いつ放射線が半導体素子に入りこんで、無作為にビットを反転させるかわからない。耐放射線性の高い素子はたくさん出てきているものの、それでも確率としては依然として無視できない。

この対応として、スペキュレーションでは制御コンピュータといったクリティカルな箇所については、三重に冗長化したシステム構成とする。要は、同じことを三つ同時にやって、どこか一箇所が壊れても大丈夫にするということだ。

こうした設計は最適性よりも堅牢性が求められるので、通常のシステムとは異なるものになる。その点では、銀行などの勘定系システムに近いかもしれない。そして、通常と異なっているから、現状ではまだＡＩの支援を受けるのは危険だということだ。

立ち止まり、上空を見あげてみた。

都市の光に遮られ、星空を見ることはできない。

宇宙へ行きたいと思わなくなった理由は、さまざまにありそうだ。最大のものは、仕事が想像していた以上に大変で心身に不調を来していることだけれど、ほかにもある。

たとえばいま、宇宙旅行をする民間人が現れはじめている。

でも庶民が行けるようになるころには、こちらの健康寿命が尽きている可能性が高い。

先が見えてしまっているのだ。

中途半端に夢を実現できる仕事についたこと。これも大きい。やりがいを見出してしまい、組織に貢献することを嬉しいと感じるようになってしまった。だからこんな遅い時間まで会社にいる。これについては、もちろん悪いことばかりではない。でも、孤独に一人宇宙へ行くといった心持ちとは、ほとんど対極のそれだ。

現在の役職は、チーフ。通常の会社の係長にあたる。

実態はチームリーダーや進行管理、そしてプログラマを兼ねるプレイングマネージャーだ。出社して会議や管理業務を終え、自分のプログラミングに入るのが十九時ごろ。そんなことをやっているから、つまらないタイプミスも発生する。

ちなみに、人に指示を出すことに致命的に向いていないと知ったのは、このポジションについたあとのこと。つまり、手遅れになってから。マネジメントは無理だから降格させてもらいたいと上長に求めたところ、三十五歳になってそれはないとしりぞけられた。

チェーンの蕎麦屋に入り、小さなカツ丼のセットを注文した。

物価向上に伴い、カツは最初四切れであったのが、いつの間にか三切れとなり、ついには二切れとなった。もっともこの遅い時間においては、それくらいでちょうどいい。

蕎麦をすすり、まずいのになんとなく飲んでしまう蕎麦湯を飲んだ。

私物のスマートフォンで時間を見た。

二十二時半だ。ぼんやりと、アメリカのテキサス州は何時だろうと考える。時差は十四時間。いや、冬時間になったから十五時間か。そうすると、向こうは朝の七時半だ。

メールアプリを開くと、二十通ばかりの新規のメールがあった。

仕事ではチームコミュニケーション用のツールを使うし、友人とはSNSでつながっている。だから、私用のメールアドレスに送られてくるものは、ほとんどが広告だ。インストールするだけしてやめた英会話学習アプリの割引案内、前にレトロゲームを買ったECサイトのクーポン、フェイスブックからのログインの催促、エトセトラ。機械的に、一つひとつスワイプして消していく。

あった。

差出人に、旗谷《はたや》彩矢《あや》とある。八時間くらい前に送信されてきたものだ。

敦志《あつし》先輩へ

どうしてますか。あいかわらず、つまらない仕事ですか。

こちらは、会社がテキサスに移って、やっと慣れてきたところ。いい点は、まず住宅事情。会社の近くに大きな家を借りられたのでとても助かった。あと、物価はだいぶ安い。

悪い点は、移転先がめちゃくちゃ田舎で何もかもが不便なこと。ロサンゼルスでは、少なくともなんでも買えたし食べられたからね。

うちの会長（兼CEO兼CTO）の思いつきにはさんざん振り回されてきたけれど、正直、今回の本社移転はこれまでで最低な決断だと思ってる。

仕事はあいかわらずハードで、長時間労働を求められる。いつレイオフされるかもわからない。でも、ブルシット・ジョブじゃない。それは先輩も知っての通り。


彩矢は高校の天文部の一年後輩だ。

冒頭から煽ってくるけれど、これは彼女なりの親しみの表現らしい。この呼吸がわからなくて、シンプルに彼女を嫌っていた人間が多かったことが思い出される。

彩矢と言えば、忘れられないエピソードが一つある。

入部後、熱心に天体観測をする彼女に対して、当時の三年生が、

「もしかして、本気で宇宙行きたいとか思ってる？」

と、からかうように問いかけたのだ。

そのころは、そんなふうに斜にかまえた部員が多かった。それが現実的で、かっこいいと思われていたのだろう。問われた彩矢は意味がわからないというような顔をして、それから一同を見回した。目があいそうになったところで、わたしは目をそむけた。

あのとき目をそむけてしまったことは、いまも悔やんでいる。

それから、彩矢は臆さずにこう答えた。

「もちろん行きたいですよ。でも本当にやりたいのは、むしろロケットを作るほう。先輩はブルシット・ジョブについてくださいね」

正面からそう言われた三年生は半笑いを浮かべて目を泳がせ、「そうかよ」とかそんなことを言って、ばつが悪そうにその場を去っていった。たぶん、ブルシット・ジョブ（クソどうでもいい仕事）の意味もわかっていなかったと思う。

この一件以来、彩矢は一目置かれると同時に避けられるような、そういう微妙な立場に置かれた。

——メールはつづく。


そうだ。このあいだ、日本語が恋しくなって日本語の動画をいくつか観てみた。そうしたら、日本の宇宙開発の技術がいかにすごいかっていう動画がたくさん流れてきて、頭がくらくらしてきたよ。いま、あの手のやつって多いの？

悪いけど、日本の宇宙開発分野は遅れてるほうだと思う。

二〇一〇年前後——世界で宇宙技術開発が変革しつつあったそのタイミングで、経産省と文科省が宇宙開発の主導権争いをはじめちゃったよね。まず、その綱引きに四年。やっとできた新体制は、新たな技術開発にうしろ向きだった。予算も絶望的に少ない。

技術ってのは、開発と継承をつづけなければ、とだえてしまうってのに。

敗戦後、日本の航空技術はGHQによって七年という空白を強いられた。その結果、七十年以上にわたって日本が航空産業へ再参入できていないのは知っての通り。

脱落するか追いつくか、日本はいまたぶんその分水嶺にいる。

だから期待もしてるんだけど、変な動画を観て、ちょっと望み薄かなって思っちゃった。でも、スペキュレーションがやってる衛星はちょっと面白そうだと思うよ。

旗谷彩矢

追伸、日本にうんざりしたらいつでも来てね。何もないクソ田舎だけど。


彩矢の本気は誰もがわかっていた。

ただ、それをはっきりと思い知らされたのは卒業後、彼女の進路を知ったときだ。わたしが国立大学の工学部に入ったのに対し、彼女は日本の宇宙開発に見切りをつけ、まっすぐ自分の目標に向け、奨学金を取ってカリフォルニア大学バークレー校の工学部に留学した。

その後、彼女は博士課程を経て、誰もが知る航空宇宙メーカーに入ることになった。

ただ、就職にはアメリカの永住権、いわゆるグリーンカードが必要だった。

宇宙産業は軍事や安全保障にかかわるため、外国人の就労は法律上許可されていないとされる。だから就労には、最低限、グリーンカードの所持を求められる。

が、アメリカの永住権を取得するまでのハードルは高い。

たとえば、どこかに就職して雇用先からサポートを受ける道はある。でも技能労働者の労働ビザは、取得することそれ自体がまず難しい。あるいは、現地で配偶者を得ること。これについては出会い次第だ。このほか、抽選で与えられるものもあるけれど、これは確率にして一パーセント未満とほとんどあてにならない。

そこで彩矢が狙ったのが、「アメリカで雇用されることが国家に対して大きな利益となる」とき与えられるという、国益免除（NIW）グリーンカードだった。彼女はしかるべき推薦状を集め、一年ほどかけて永住権を取得し、第一志望の航空宇宙メーカーの門を叩いて採用された。

気がついたら、手の届かないところまで行ってしまった後輩ということになる。

それでいて、元天文部の仲間ではただ一人、いまも連絡を取りあっている相手だ。

友人。そう呼んでいいだろう。

ブルシット・ジョブ事件、と天文部で呼ばれるようになった例の一件のあと、わたしは部屋に飾ってあったペイル・ブルー・ドットのポスターを剝がし、彩矢に贈った。嫌なこともあるだろうけど、部は辞めないでほしい——と、そういうことを言った。あのとき咄嗟に目をそむけてしまった、その罪滅ぼしをしたい気持ちがあった。でもそれは、彩矢のためというよりも、自分のためという感じもする。確信の持てない行動だった。

以降、彩矢は会うごとにわたしに皮肉を言うようになった。

それが彼女なりの親しみの表現だったとわかったのは、しばらく経ってからのことだ。

しかし、いまどきSNSのメッセージとかではなくメールというのも不思議だ。とはいえ、世のなかにはまだ紙の文通をやるような人もいる。長文を書くのが好きとか、彼女なりの理由があるのだろう。実際にメールを交わしてみると、近すぎず遠すぎない距離感が面白くもある。

蕎麦屋に居座るのも悪いので、いったんスマートフォンをロック画面にした。トレイを返却口に押しこみ、ごちそうさまです、と言って店をあとにする。

夜道でふたたびメールを開き、誰もいない小さな公園に立ち寄った。ベンチはなく、子供用の遊具しかない。隅に立ったところで、ひんやりした風が吹き抜けていった。立ったまま、返信の文面を考えはじめる。

メールをもらえるのは嬉しいけれど、返事にはいつも困る。

彼女が、なんの疑いもなくみずからの夢に向けて邁進しているように見えるからだ。対して自分はと言えば、倦み、宇宙にわくわくするような気持ちを失ってしまっている。やりとりをする資格がないとまでは思わないが、なんというか、インピーダンスのマッチングがうまくいっていないような、そういう感じはする。

彩矢の足を引っぱるようなことは言いたくない。

だから、とにかく仕事が楽しいふりをする。

あとはSNSで仕入れた、最近のこちらでの話題など。送信する前に、一応頭から読み返した。嘘をついている罪悪感がよぎったが、仕方ないことだと自分に言い聞かせる。と、送信ボタンに指をかけたときだ。

公園に新たな客が来ていることに気がついた。痩せた男の子だ。十一、二歳くらいだろうか。子供がいないので齢はよくわからない。

男の子は双眼鏡をかまえ、じっと空を観測していた。

いざなわれるように、わたしも彼の視線の先を追ってみた。満月だ。ここは小さな公園だけれど、周囲の建物が暗く、星が見えやすいことがわかった。ちょうど、井戸の底から空を見あげるような形だ。返信はあとにして、スマートフォンをしまった。

この子は何を見ようとしているのだろう?

少し前にオリオン座流星群が話題になったけれど、その時期はすぎたはず。それに流星群を見たいなら、双眼鏡ではなく肉眼で見たほうがよさそうだ。単に空を見ているだけ。その可能性もあるだろう。

でも、男の子の顔つきは真剣そのものだ。ただ、漫然と空を見ているという感じではない。天文現象カレンダーを思い起こそうと、錆びついた頭を回転させた。

あ――、と声が出る。

「プレアデス星団食?」

プレアデス星団――またはM45、牡牛座のすばる。プレアデス星団食は、それが月によって隠される現象だ。視力が落ちてきていてはっきりとはわからないけれど、そうに違いない。

月に目を向ける。

あのあたりに、牡牛座はあるだろうか。なんだか急に気持ちが浮き立って、じっと目を凝らした。ほとんど同時に、下のほうから笑い声が聞こえた。

「残念、プレアデス星団食は明日だよ」

男の子が双眼鏡を顔から離し、こちらを見あげている。

「今日はスーパームーン。普通の満月とそんなに変わらない気もするけど、せっかくだからね」

スーパームーン。

そうだった、ＳＮＳでその話をしている人もいた。顔が少し赤くなったのがわかる。が、赤面は夜闇が隠してくれるだろう。――それよりもだ。

子供に目を向けた。

星が好きなのか。衛星とかに興味はあるか。いろいろと、訊いてみたいことがある。が、ためらって言葉を呑みこんだ。これでは、いわゆる声かけ事案というやつになってしまいそうだ。

躊躇しているうちに、向こうから質問された。

「おじさん、宇宙が好きなの？」

星、ではなく宇宙だ。

さっきまで倦んでいたことも忘れ、嬉しくなってきてしまう。というのも、いまアンケートを取ると、宇宙に関心がない子供が前よりも多いと聞くからだ。

それでも、こういう子供はまだいるのだ。

「好きだよ」

自然と、そう口から漏れた。

「というより、専門。そこの会社で人工衛星を作ってるからね」

ぱっと、子供の顔が明るくなるのがわかる。

いまにも、いろいろと質問してきそうだ。わたしも話してみたいけれど、残念ながら時間が遅すぎる。子供は帰って寝たほうがいいだろう。

相手の正面にしゃがみこみ、視線の高さをあわせた。

「でも、もう十一時前だよ。月を見るのもいいけれど、危ないから友達とおいでね」

そこまで言ったところで、相手がぎゅっと口を結んだ。

その瞬間の表情で、わかってしまった。いないのだ。友達が。わたしにもそういう時期はあった。そしておそらくは、こういう顔をしていたこともある。

「……とにかく、もう遅いから家にお帰りよ。きみ、名前は？」

「陽太《ようた》」

「わたしは敦志。ときどき、この公園にいるから」

そう言って去ろうとしたが、連絡先をせがまれ、メッセンジャーアプリの友人設定をすることになった。家は近いのかと訊くと、このあたりだと言う。

それで安心して、「じゃ」と片手をあげて公園をあとにした。

――先輩はブルシット・ジョブについてくださいね。

入ったばかりの部で、そう口にした彩矢のことが思い出された。

強気な口調と裏腹に、あのときの彼女も孤独だったのではないか。人や車の通りがないことを確認して、スマートフォンをアンロックした。

書きかけだった返信を開き、追記する。

追伸

たったいま、会社の近くでスーパームーンを観測している子供と会った。なんだか妙に懐かしい気分にさせられた。俺たちもあんなだったのかな。

彩矢相手のメールでは、わたしの一人称は「俺」になる。

日本語というのはどうも一人称で苦労させられる。俺、わたし、ぼく——そのどれを取っても、しっくり来ないと感じるからだ。その点、英語の「I」で一直線に目的に向かっているだろう彩矢とは対照的かもしれない。

立ち止まって空を仰ぐ。街灯や家の照明のせいで、もう月を除いては何も見えない。見えないので、両手で目の左右を覆った。それでだんだんと目が慣れてきて、いくつか星が見えはじめる。そうだ、この感じだ。

小さいころ、よくこうやって空を見あげていたものだった。そしてそう。夢があった。

——わたしが生まれたのが一九九〇年。

ハッブル宇宙望遠鏡が打ちあげられ、日本人初の宇宙飛行がなされた年でもある。けれども実は、この年は日本の宇宙開発にとって挫折の年でもある。

米国の貿易政策、スーパー三〇一条が適用されたからだ。

それまで日本は衛星やロケットを国内メーカーに発注することで産業を育成していたが、これが海外メーカーの参入を阻む不平等な悪習だとして、日本は実用衛星の国際公開調達を迫られた。しかし当時の国内の衛星は、まだ国際的に競争できる状態にはなかったので、調達先はおのずと海外になってしまった。打ちあげも海外となり、ロケットにも影響が出た。

自動車や家電を保護するかわりに、宇宙開発分野が差し出されたと聞く。

以降、日本の衛星メーカーに仕事を発注するためには、研究開発目的という名目が必要になった。実用衛星ではないから、スーパー三〇一条の適用を受けないということだ。だからこの時期の衛星には、名称に「技術」と入っているものが多い。

もちろん、明るいニュースもなかったわけじゃない。

H－Ⅱロケットはちゃんと打ちあがったし、それによるＩＳＳへの補給も成功した。二十歳のころの、はやぶさの帰還はいまも記憶に新しい。自分も学校を出れば、宇宙開発関係の仕事につけるものとわたしは漫然と考えていた。

そこが彩矢との違いだった。

彩矢は最初から日本に見切りをつけ、自分の夢を実現させる場はアメリカにしかないと狙いを定め、高校生のころから動きはじめていた。わたしはといえば、就職活動をはじめてやっと、航空宇宙分野がいかに狭き門かを思い知らされる始末だった。現在ほどではないにせよ、民間のスタートアップも少しずつ増えていたので、なんとかなるだろうという甘い期待もあった。

が、採用されたのは、わたしなどよりもはるかに優秀な学生たちだった。

あきらめきれず、わたしは一から方針を立て直すことにした。まず、ソフトウェア技術者になること。それも、できないことはないと言われるようなソフト屋になることだ。そのために、まずは多種多様な案件を担えるソフトハウスに就職し、次に、ドローンの制御ソフトウェアを組む職についた。取れる資格もできるかぎり取った。休みの時間は、その他の勉強にあてた。

技術を身につけ、その道のプロフェッショナルとして、中途で宇宙開発企業に入ろうという計画だ。宇宙ベンチャーは着実に増えていたので、チャンスは必ずあると考えた。

株式会社スペキュレーションに入ったのが三十歳のとき。

三十歳をすぎても駄目だったらあきらめようと考えていたので、ぎりぎりで間にあったことになる。その前年には、彩矢がグリーンカードを取得して例の航空宇宙メーカーに入った。アメリカの博士課程は六年くらいかかると言われるから、これもだいぶ早いほうだ。

メールのやりとりはつづけていた。

半年くらいあいだがあくこともあれば、三日おきくらいにやりとりすることもあった。ともあれ、こうしてわたしもやっと、念願の宇宙開発にかかわる職についた。最初は、目につくものすべてが新鮮だった。ちょっとした議事録や設計書はもちろん、コーディング規約のたぐいすらも楽しく読んだ。

それから早いもので五年。

気がついたら、憂鬱な日々をすごすことになっていた。理由はさまざまにあるだろうし、あまり愚痴っぽくなるのも嫌なのだけれど——たとえば、ちょっと変わった人だなくらいに思っていたCEOが、その実、かなりのワンマンであったこと。

無理なスケジュール。

経験の浅いわたしを軽んじてか、指示と違うことをする部下。わたしのロック画面、ペイル・ブルー・ドットを笑う上長。たいした仕事もしていないように見えるのに、何をするにも先に根回ししておいたほうがいい専務の存在。

それでも、やりたかった仕事には違いないので、ほとんどしがみついているような恰好だ。でも、いまは皮肉にも、宇宙へ行くことより会社を辞めることのほうが冒険的だとすら感じる。このあたりの話は、情けなくてとても彩矢にはできない。

会社に戻って、エレベーターで四階まであがった。

私用のスマートフォンをロッカーに入れ、カードキーをかざしてフロアに戻る。さっき五人だった飛行ソフトウェアチームは、三人に減っていた。お疲れさまです、と低い声で言いあう。

デスクに戻ると、向かいの部下がディスプレイ越しにわたしを見た。

「蕎麦ですか？」

「うん、蕎麦。もう身体の三十パーセントくらいは蕎麦なんじゃないかって思う。と、時間も時間だしあまり根つめないでね」

「了解です」

彼は新卒で会社に入って三年目の若手だ。名前は田中《たなか》。さっきの愚痴に出てきた部下とは違って、彼はわりと素直に話を聞いてくれる。ただ、頑張りすぎていつもこれくらいの時間までいるのが気がかりではある。

パスワードを入力し、ロック画面を解除した。

先ほどのつまらないエラーが出たままの画面だ。最初に入った会社では、エンジニアが一番使えるのは三十五歳ごろと社長に聞かされたけれども、そうするとわたしのピークはどこへ行ってしまったのだろう。

次の自動テストとコミットまでと決め、コーディングをつづけることにする。

そこに田中から声がかかった。

「そうだ、チーフ。今月の企画コンペ、何か案は出しますか？」

企画コンペとは、社内で衛星の案を募集するものだ。自分のアイデアが形になる可能性があるということで、入社したてのころは、毎月のように何か書いては応募した。が、このコンペが社員にやる気を出させるためだけに存在する代物で、実際に通る企画はすでにあらかじめ通っていると知ったのが、二年目くらいのこと。

それ以降は、たまに何か面白いことを思いついたら応募する程度になっていた。

「うーん。何か思いついたらやってみたいけど、それどころじゃないからなあ……。あ。田中さんはスケジュールが押してるとか気にしないでどんどん出してね」

そこから先は無言になった。

コードを修正し、自動テストを通す。スペキュレーションのテストはかなりしっかりしているほうで、売りは、あらゆるコントローラやプロセッサを一つのワークステーションでシミュレートし、大量のテストを自動的に行えること。

わたしたちは、これをテーブル衛星と呼んで重宝している。

問題なしだ。念のため、もう一度コードを視認してからコミット操作をした。

敦志先輩へ

どうしてますか。あいかわらず、つまらない仕事ですか。

こちらは会長（兼ＣＥＯ兼ＣＴＯ）があいかわらず気が狂ってていまいる。まあ、人類が生きのびるためには複数の惑星に拠点を持つほうがいいっていうその出発点からして、そもそも気が狂ってるわけではあるのだけれども。

いわく、火星に文明のバックアップを作る必要がある。だから、まず小型のロケットを作る。でも火星に行くには小さい。だから、もっと大きなものを作る。皆が行くには、低コストかつ高頻度な打ちあげが必要になる。だから、ロケットを再利用可能にする。開発をつづけるには資金が必要。だから、確実に需要のある宇宙通信分野に手を出す。

だから、だから、だから。それはわかる。でも前提の目的が明らかにおかしい。でも、人類が宇宙へ行こうとした歴史って、基本的に気が狂ってるんだよね。冷戦期にアメリカとソ連が宇宙開発競争をしたのは、それが軍事面と直結したって意味では合理性があるんだけど、アポロ計画でわざわざ月に着陸する必要があったかっていうと、よく考えたら特にないんだよね。実際、無駄遣いだったってその後国民に叩かれたし。

ニコライ・フョードロフのロシア宇宙主義は知ってるかな。

これは十九世紀のロシア人で、ソビエト宇宙開発の父、ツィオルコフスキーに影響を与えたっていう人。フョードロフさんによると、死は悪であって、死はなくさなければならない。だから、科学的な合意のもと、飢えや病を排除しなければならない。治療技術の向上は死者の復活をもたらすから、最終的には全部の死者がよみがえる。でも、全部の死者がよみがえっても住む土地がない。だから、人類は宇宙へ行かなければならない。

クレイジー具合ではうちの会長の比ではないね。なんていうか、こう、人が宇宙を目指す理由は一つではないどころか、人の数だけの狂気があるんだよね。だから面白いと言えば、面白いのだけれど。わたしが思うに、最後までクレイジーでいられた人が最終的には勝つ。だからそう、お互いがんばってこう。

旗谷彩矢

このメールは、前回から一週間置いて送られてきたものだ。

最後のほうのくだりは、なんだか心中を見透かされたようでどきりとしてしまった。

読んだのは、会社近くのディスカウントストアでA4用紙の束を持って並んでいたとき。会社のコピー機の用紙が切れて、ちょうど会議が一つなくなって時間のあいたわたしが買いに行くことになったのだ。

「なんでチーフが行くんです」

「いや、会議の連続で息がつまりそうだから……」

といった会話を部下としたのち、夕方の会社を脱出した。

A4用紙を抱えて帰社しようとしたところで、学校帰りの小学生の一団と遭遇した。五人組の男の子が、それぞれ黒のランドセルを背負ってわいわいと話している。このごろはカラフルなランドセルが多いと会社で聞いたけれど、それでも男子の黒は優勢であるらしい。

そんなことを思っているうちに、ふと、視線が五人組の後方で止まった。

このあいだ公園で会った子、陽太だ。一人、伏し目がちに道を歩いている。前の五人組と距離を置きながら、わざとゆっくり歩いていることがわかる。その様子に、じくりと胸が痛んだ。

陽太もこういうところを見られたくはないだろう。

目をそらし、会社へは遠回りして戻ることにした。メッセージを一つだけ送った。

——このあいだの公園で話さない？　といっても定時が十八時半だから、それ以降になってしまうけど。

効果音とともに、すぐに返事が来た。

——夜の八時でもいい？　そのころには晩ごはんが終わってるから。

――わかった。

八時前、「ちょっと休憩します」と席を立ち、タイムカードの私用外出を押した。かわりばえのしない会社付近の景色を眺めながら、足早に夜の公園に向かう。

公園の手前で足が止まった。わたしを出迎えたのは、意外な光景だった。

小さな遊具に座って、コントローラのようなものを持った陽太がいる。それはいい。

問題はその手前、ちょうどわたしの目の高さのあたりだ。

ドローンが飛行していた。

それも、手製のものだ。動いているのでよくわからないが、おそらく厚紙でフレームが作られている。サイズは手のひらくらいで、小さな基板が剝き出しになっていた。

問題はその動きだ。

こうした手製のドローンで姿勢を安定させるのは難しい。でも、いま目の前を飛んでいるやつは、製品レベルとは言えないまでも、安定して飛行しているように見えた。

「すごいな!」

機体ごしに陽太に声をかけた。

「それ、きみが作ったのか?」

陽太がにんまりと口角を持ちあげ、それからドローンを公園に着地させた。触ってもいいかと訊くと、「許可する」とのことであったので、持ちあげてみた。軽い。

「これは……」

「うん、ぎりぎり九十八グラム。そこが一番苦労したところかも」

つまり、航空法の規制の対象外になるということだ。

逆に百グラム以上になってしまうと、こういった市街地では、たとえ自宅であっても飛ばせない。国土交通省への機体登録といったものも義務づけられる。まして自作したドローンの機体登録となると、登録することからして難しい。

行政には行政の都合があるのだろうけれど、個人的には、このあたりは悪法だと思っている。

あとはそうだ。たとえ百グラム未満であっても、都内のほとんどの公園はドローンを禁止していたはずだ。が、とても害があるとも思えない紙でできた機体を見て、これについてはいったん目をつむることにした。陽太には、あとでそっと教えておこう。

ドローンを地面に置き、話を聞いてみた。

最初はウェブの入門記事を読んで、中古の二・四ギガヘルツ送受信機セットと発泡スチロールではじめてみたらしい。ところがいざ飛ばしてみると、うまくいかなかった。

「全然バランスが取れないし、操作もできなくて。それでお父さんに訊いてみたら――」

押し入れの奥から、小型ワンボードマイコンのArduino Nanoが出てきたそうだ。なんでも、父親が余暇に遊ぼうと思って買ったものの、余暇が訪れずそのままになっていたものらしい。ちなみに、この父の部屋には『トランジスタ技術』誌が圧縮された状態で書架に並んでいたそうで、要は、そういう趣味の持ち主だったらしい。

この使われていなかったArduinoが、父の手から陽太に渡った。

が、父も陽太に譲ったはいいものの、使いかたを教える時間まではなかった。

そこで、陽太はAIチャットボットを頼った。驚いたことに、回路の組みかたも、Arduino側のプログラミングも、すべてAIに教わったという。

最初は何もかもわからなかった。だからわからないことは全部AIに訊いた。

そのうちに、いろいろなことが身についてきた。

いまは、AIがなくとも回路図を読んだりプログラミングをしたりできるという。

わたしからすれば、思いもしなかった制作過程だ。一から作るとなると、ドローンは要素技術が多い。だから、実際はほとんどが親御さんの手によるものだと思っていたのだ。少なくとも、部品の選定や回路設計、飛行制御のプログラムといった箇所は。

しかしそうでなく、このドローンはほとんど陽太一人の手によるもののようなのだ。

正確には、陽太とAIチャットボットの。

「あ。でもハンダづけはお父さんに頼んだ」

陽太が耳のうしろのあたりを掻いた。

「あれだけは、どうしてもうまくやれなかった。AIもうまく教えてはくれないし」

これにはわたしも苦笑するしかなかった。

わたし自身、子供のころは電子工作をやったし、宇宙業界に入るためにはソフトだけではなくハードもできなければならないと考え、勉強を重ねた。

でも、いまだに鉛フリーのハンダは苦手だし、細かい表面実装などは無理だ。

もう一度、ドローンを手に取って、表や裏を観察してみた。

不思議な心持ちがした。わたしが電子工作をやっていたころは、情報ソースはウェブページとかそういうものだった。その後の生成AIの発展に至っては、なんだか人間の大切な領域が削り取られていくようで、避けたい話題ですらあった。

でも、陽太はどうだろう。

AIを通じてハードやソフトを学び、身につけている。わたしが小さかったころには、とても考えられなかったことだ。そう考えると、徐々に心の奥底から何かがせりあがってきた。うっすらと自分を覆っていた憂いの薄膜が、剝がれ落ちていく感覚があった。

陽太の目を見て、思ったままを訊いてみた。

「いま、一番作ってみたいものとかってある?」

「いろいろあるよ。でも、一番はあれ。キューブサット」

陽太が即答するのを聞いて、自然と口角が持ちあがった。

キューブサット(CubeSat)は一九九九年に開発された小型人工衛星の仕様だ。大型の衛星を打ちあげる際などに、ロケットの余剰能力を活用して相乗りし、打ちあげのコストを抑えようというものだ。

一番小さいもので、一辺が十センチの立方体。これを1Uと呼ぶ。

ちなみに、世界で最初に打ちあげられたキューブサットは日本のものだ。

「いいね」

無意識のうちに、そう応じていた。口調は抑揚のないものだったが、身体の内側が、熱を帯びているように感じられる。かつては当たり前のようにあった感覚。それが戻りつつあった。

「陽太くん、それ、作ってみようよ」

＊

私用外出ということもあり、その晩はそれまでとなった。

以降は夜の遅い時間、メッセンジャーを使って陽太がどういう衛星を作りたいのか検討を重ねることにした。

衛星の大きさは1U、一辺十センチがいいそうだ。本当に打ちあげるかどうかは別にして、これならば打ちあげのコストが小さいし、陽太自身、小さいものを作るのが好きなようだ。

次に陽太が言い出したのが、「打ちあげた衛星と会話してみたい」ということだった。AIと会話するように、衛星と話をしてみたいということだ。

それを聞いて浮かんだのは、だいたいこういう仕組みだ。地上局からプロンプトを受信した衛星は、それをそのまま地上局に返し、地上のサーバーでLLM（大規模言語モデル）のAIにかける。その応答がいったん衛星に戻され、衛星はそれを返答として地上局に返す。でも、これではなんだか馬鹿みたいだ。地上でLLMをやるのと何も変わらない。

わたしが考えていたことは陽太もわかったらしい。

すぐに、補足のメッセージが来た。

「LLMはそれそのものを衛星に積んでみたい。でも、そんなことできるかな？」

ちなみに、このメッセージを受けたのは自宅でシャワーを浴びたあと。日に一本と決めている缶ビールを飲みながら、返信をした。

「なぜ？」

「体験してみたいんだ。軌道上に打ちあげられた、知性のような何かとの対話を」

無理だ、と即答しかけた。

が、せっかく陽太とやるのだ。まずは、自分の常識を捨ててかかったほうがいい。

「仮に民生用のGPUを積むとしてみようか。でも、そんなのを回したら熱で壊れてしまうよ。宇宙だと冷却が難しいから」

「でも絶対零度に近いんだよね？　いや、衛星の軌道は熱圏になるのかな。あれ？」

「熱圏であることはあまり考えなくていい。千度とか二千度とかだろうけれど、それは分子の平均運動量がそうだというだけで、大気自体がほとんどないから無視できる。問題は、その大気がほとんどないという点。つまり、空気を利用した排熱ができない。熱がこもるんだよね」

しばらく返信がなかった。

おそらく、わたしが何を言っているのか、ＡＩに訊くなどして調べているのだろう。

「意味はわかった。でも実際にどれくらい熱放射できるかとか、難しいことはまだ何もわからない」

この返事があったのが五分後くらい。

下手な取引先の担当者とかよりも話が早い。

「少し調べたら、有名なメーカーで低消費電力のGPUがあった。あれは載せられないのかな？　なんでも、航空宇宙用も視野に入れた製品らしいけど」

「たぶんあれだろう。省電力モードで十ワットのやつ。でも考えてみて。衛星に一辺十センチの立方体。そこに太陽光パネルを貼るとする。発電できるのはどれくらい？」

また間があった。

「少なめに見積もって二ワットくらい？　それこそArduinoとかの世界になっちゃうね」

「それくらいかもね。少なめに見積もったのはいいことだよ」

「まいった。ＬＬＭどころじゃないね」

このくだりで、今度はわたしの手が止まった。

子供の思いつきを却下するのは難しくない。そもそも、宇宙空間でＬＬＭを動かす合理的な理由などないのだ。でも、わたしの頭にはあのメールの一節が浮かんでいた。


わたしが思うに、最後までクレイジーでいられた人が最終的には勝つ。


クレイジーさ。わたしが失ったもののうち、その最たるやつかもしれない。陽太のやりたいことは、本当にできないのか。目頭を揉みながら、考えた。

「陽太くん。一ビットＬＬＭで検索してみて」

一ビットＬＬＭが実用化されはじめたのは、昨年のこと。

大規模言語モデルのパラメータを、複雑な数値にするのではなく、1、0、マイナス1の三値にまで削りこんだものだ。それでも、しっかりと性能が出ることが示された。

こうすることで乗算が不要になり、必要とするメモリも小さくなる。

GPUなしに動く大規模言語モデルの可能性が示唆されたのだ。

この話を目にするたびに、昔入った会社で「Z80の時代は乗算ができなくてな」としきりに言っていた先輩のエンジニアを思い出す。が、それはどうでもいい話。

陽太からの返事が来た。

「ありがとう。どういうものかは少しわかった。でも、それを使うとどうなるのか、どういうことを考えないといけないのか、ぼくのほうでも検討してみたい。今日はここまででいいかな」

もちろん、と返した。

翌日は夕方にあいた時間、専務の部屋を訪ねた。前に紹介した、たいした仕事もしていないように見えるのに、何をするにも先に根回ししておいたほうがいい専務だ。

相手の好きなゴルフ漫画の最新話の話をしてから、天才的な小学生と出会ったことや、その彼が面白い衛星を作ろうとしていることを、盛り気味に話した。

「もしペイロードの余剰分で打ちあげられれば、うちの宣伝になるかもしれませんね」

この話をするのは、社内の企画コンペを考えてのことだ。

コンペで実際に通る案は、本当のところ、あらかじめ決められている。だから、まず専務に接触したというわけだ。こういうことは苦手だが、でも、もし陽太の衛星を本当に打ちあげられる機会ができるとするなら、その機会は大人にしか作ってやれない。

衛星は技術面も難しいけれど、まず何よりも予算だ。特に今回の場合は、打ちあげにかかる費用が大きい。社内コンペを通る確率は低いだろうが、それさえ通れば、予算も含め、できることは桁違いに増える。

その日の退勤時刻は、二十一時すぎ。陽太からのメッセージはすでに来ていた。

「いろいろ考えてみたけど、二つのことで困ってる。まずは学習データのストレージ」

もっともな視点だ。LLMをやる以上、ストレージは無視できない。

パラメータの削られた一ビットLLMといっても、それでも大量の学習データが必要になる。仮に二百メガバイトの学習データを使うとして――それでも充分に小さいが――宇宙においては、大容量のデータということになるだろう。そしてそこには、常時、放射線が降りそそいでビットを反転させる。

わたしなりの解はあったが、とりあえず質問してみることにした。

「どういうストレージを検討した?」

「まずは、耐放射線性能の高いFRAMから。でもLLMに使うには容量が小さすぎる。次に、発想を変えて光学ディスク。たとえば、CDのデータは物理的な突起だから放射線の影響を受けない。でも1Uの衛星でやるには消費電力が気になる。可動部があるのも危険だと思う」

「うん。それで?」

「割り切って民生品のフラッシュメモリを使う。誤り訂正でそれなりに動くみたいだし、仮に少しデータが壊れても、LLM用のものなら動くと考えられる。どう？」

何も指摘することはない。同意見だ。

「いいと思うよ」とわたしは答えた。「で、困ってるもう一つのことってのは？」

「マイコンの選定。一ビットLLMといっても、それなりの性能は必要だから。でも、宇宙に向いているものとなると、まるきり見当がつかなくて」

これもまたもっともだ。

一般に、宇宙航空分野の部品には放射線耐性を強化した専用設計のものが使われる。うちのような法人はそれを使うが、個人が調べても型番や仕様すらよくわからないだろう。民生品を積む小型衛星も多くあるけれど、もし失敗したとあれば、その民生品のイメージダウンにもつながる。だから、何を使ったといったことが公開されることは少ない。やりたいことがあっても、どういう製品に実績があるかを知る機会は限られるのだ。

少し考えて、質問に質問を返すことにした。

「リーマンサットは知ってる？」

「会社員が集まって人工衛星を打ちあげたんだっけ。でも、詳しいことはわからない」

「あの衛星が写真を撮ったとき、衛星側で機械学習を使って、いい写真を選定する仕組みが導入された。そのマイコンがなんだったかは公開されてる。調べてごらんよ」

間を置いて、陽太からの返事が来た。

「Raspberry Pi Zero って使えるんだ！」

「あのプロジェクトでは自前で放射線試験とかをして、それで部品を選定していたはず。でも、こうやって結果が出た以上、それに乗っかってしまってもいいんじゃないかな」

枯れた技術でできることは、そのほうがいいということだ。

「もちろんラズパイ一枚で全部はやらないほうがいいし、たぶんやれない。システムは分散したほうがいいよね。たとえば、電力を管理して各機器に分配する電源系。それから、衛星全体の監視や制御。このへんは、別々にマイコンを積むことになるだろうね」

「PICマイコンが耐放射線的にいいって読んだけど、それはいまもそうなの？」

「うん、PICはいいよ。ただ、個人的におすすめのやつがある。あれだ。SORA-Qって知ってる？」

「タカラトミーだっけ。前に、月面での写真撮影に成功したデバイスだよね」

「それがどういうマイコンボードを積んでいたかは調べればすぐ出てくる。けっこうよさそうだよ」

いったん応答が止まったのち、答えが返ってきた。

「Spresense って言うんだ。Arduino 互換だから、ぼくでもすぐに使えそう」

「そう。メーカー側が積極的に宇宙利用の実験をしたことでも知られてるよ。これなら性能や消費電力もかなりいい。と、わからないことはなんでも訊いてね。たぶんいまは、わからないことのほうが多いと思う。でもそれは当たり前で、何も恥ずかしいことではないからね」

このメッセージを書いているとき、不意に、胃のあたりがきりっと痛んだ。

こういうふうに接するべき仕事相手は、たぶんこれまでにもたくさんいた。現職でも、前職でも。でも、それをやることはできなかった。

その翌日のこと。CEOからランチミーティングに誘われた。

場所は会社からほど近い場所にある〈パセリ堂〉という洋食屋で、おいしいと評判だけれど、役員とかCEOとかが来るので社員からは敬遠されている。

CEOは陽太との衛星のことを専務から聞いたらしかった。

詳細を問われたので、食事をしながら話をした。さすがにここでは話を盛れないので、ありのままを話す。ハンバーグを食べていたCEOが口元を拭い、訊いてきた。

「サクセスクライテリア（成功判断基準）を確認しておこう。ミニマムサクセスが軌道上への投下と姿勢制御。フルサクセスが通信の確立と撮った写真のダウンリンク。こんなところか」

「いいと思います」

「エクストラサクセスが、一ビットLLMの稼働。AIのファインチューニングはちゃんとできるんだろうな？　衛星が不適切な発言をしはじめたら目も当てられないぞ」

さすがにこういうリスクには敏感だ。

あらかじめ調べておいたファインチューニングの手法について、軽く説明をした。

「いざとなれば、うちのスタッフならすぐにでも作れるような衛星です。でも、できるかぎりは陽太くんに考えさせようと思っています。それが新たな視点を生むかもしれませんから」

気がついたら、目の前の皿がからっぽになっている。

CEOが水を口に含ませ、うん、と小さくうなずいた。

「いいだろう、面白そうだ。話題性もある。ぜひ次の企画コンペに出してみてくれ」

敦志先輩へ

どうしてますか。あいかわらず、つまらない仕事ですか。

って、全然つまらなくなさそうだね。むしろうらやましいくらいで腹立つ。わたしもその子と衛星を作ってみたい！　というわけで、腹が立つから、今日は歴史上もっとも高くついたっていうソフトウェアの不具合の話をしてあげるね。

それは、欧州宇宙機関のアリアンVの打ちあげ。

アリアンⅤは初飛行だったんだけど、離陸から四十秒後に自爆することになった。原因は、浮動小数点を整数に変換するとき、オーバーフローが発生したこと。ただ、この不具合を事前につぶすのは難しかった。なぜなら、このソフトはもともとアリアンⅣ計画で使われていた実績のあるものだったから。でもそれを新しいロケットに適用したら、大きい値が発生して、オーバーフローを起こしてしまった。どう、ちょっとぞっとするでしょ。

宇宙開発は何があるかわからない。その男の子のこと、ちゃんと導いてあげてね。こっちはまあまあうまくやってる。だから先輩も、まあまあうまくやってちょうだいね。

旗谷彩矢

企画コンペは通った。打ちあげをするのは宇宙商社を名乗る国内企業で、スペキュレーションの衛星と一緒に、陽太の小さな衛星を載せる予定となった。

部品に民生品を使う方針はそのままとした。

これは、せっかくなので民生品のデータも取っておきたいという社の思惑と一致した結果だ。

陽太はときおり社に来ることになるだろうから、さすがに機密保持の契約が必要だということになった。それで、法務部と相談して契約書を作った。ただ、陽太は未成年なので、法定代理人として親御さんにサインしてもらう必要がある。

そろそろ親御さんにもちゃんと挨拶しなければならないと思っていたので、これについてはちょうどよかった。そもそも陽太は小学六年生で、進路が関係する時期でもある。そのあたりも確認しておきたかった。

出向いて説明をしたとき、陽太の両親はきょとんとした顔をしていたが、やがて父親が、

「いいなあ、俺もそういう仕事をやってみたかった」

と口を開き、これでなんとなく空気がゆるんだ。

進路については、どうせ公立の中学にやるつもりだったから特に問題はないとのことで、契約書へのサインののち、「陽太をよろしくお願いします」と送り出された。

プロジェクトの管理については、わたしが行うこととなった。ただでさえ仕事があふれている状況下でそれもどうかとは思ったが、正直、こういうことでもないとやっていられない。

思わぬ副産物も生まれた。社内で友人が増えたのだ。

話を聞いたハード班も興味を持ち、そのなかの針生《はりう》というエンジニアが、積極的にサポートしてくれることとなった。針生は気難しいけれども腕利きという噂で、前から興

味はあった。

実際話してみると、口が悪いというだけで、嫌な感じはしなかった。

なお一度飲みに行った際、針生さんだったらこの衛星に何人月《にんげつ》かけますかと訊いた。

「ブレッドボードならソフトも含めて三日。今回のやつは要素技術がほとんどコピペできるからな」

針生はレモンサワー片手に、しれっと四階のソフト班の存在意義にかかわりそうなことを言った。

「陽太くんはたぶん回路図も書きたがります。つきあうのはかったるくないですか？」

「ぱっと見でどういう問題が起きるかわかるから、そう時間は取られないさ。あとは、陽太くんが問題に気づくよう誘導するだけだ。俺は馬鹿の相手は嫌だが、成長するやつは大好きでね。で、今回は期待できそうなんだろう？」

「真空では電解コンデンサが使えないとか、そういうところからになってしまいますよ」

「かまわないさ。ときどきこういうことでもやらないと、やってられないだろう？」

似た意見の人間はいるものらしい。

以降しばらくは、だいぶハイスピードで開発が進んだ。特に針生と陽太のコンビがよかった。メッセンジャーのグループに針生にも入ってもらって、陽太が何か言ったり案を出したりすると、即座に針生がそれに反応する。針生はヒントの出しかたがうまくて、陽太も彼と組むことでどんどん力をつけていった。

どうしてハード班のほかのスタッフにもそういう対応をしてあげられないかと思うが、この点については、わたしも人のことはとやかく言えない。やがて、陽太の部屋でブレッドボード版ができあがった。基板のパターン設計はさすがに針生がやった。

陽太はパターン設計もやりたがったが、それがなぜ難しいのか、どういう経験を要するのかを針生が説明して、それで陽太も納得してひきさがった。そのかわりCADで全体を組みあげる設計は陽太がやるということになり、わたしは少し心配になって針生に訊ねた。

「衛星の熱設計って相当難しいですよね？」

前にわたしがハード班から聞かされた話では、こうだ。

まず、ほぼ真空なので衛星内で熱分布が偏る。そしてパーツ同士の熱伝導や熱放射、消費電力からの発熱量の計算、太陽光からの熱入力などは、微分方程式を解いて温度変化を予測しなければならない。あるパーツが、位置関係によって別のパーツの影に入ることもある。

が、針生はあっさり首を振って「ま、大丈夫だろ」と口にした。

「キューブサットだったら熱伝導や熱放射でそれなりに熱を伝えあえるから、全体を一つの部品として近似してしまっていい。ま、それでも微分方程式は発生するがな……」

結局、温度や温度変化については針生がざっと計算し、かわりに、どういうことを考える必要があって、そのためにどういう計算をしたのか――ひいては、陽太が今後高校や大学で勉強すべきことは何か、軽く針生がレクチャーしたようだ。

こういう場面はたびたびあって、針生やわたしのレクチャーを陽太は熱心に聞いた。あるとき、グループメッセージで陽太がこんなことを言い出した。

「何を知らないかを知るのは、知ることより面白いのかもね。どうもありがとう」

これに対しては、針生が即座にレスポンスを返した。

「感謝することじゃない。次の世代の陽太くんに、きみは同じことをするのだから」

真空試験や温度試験、振動試験や放射線試験などは、スペキュレーション社内で機材があいているときにやることができた。クリーンルームで組み立てをしたのは、陽太本人。JAXAの安全審査や内閣府の承認も通り、あとは打ちあげを待つばかりとなった。

突然にCEOから呼び出されたのは、ちょうどその時期の昼前だった。

ノックをする前から、何か嫌な予感はしていた。案の定だった。なぜ、こういう勘というのは当たるものなのだろうか。話を聞かされたわたしは、しばらく何も答えることができなかった。

「……この話、陽太くんにはどう伝えましょうね」

「経営判断だ。悪いが、うまく伝えておいてくれ」

うちの衛星事業は、まず衛星から地上を観測するところからはじまる。この観測データを自体を売ることもある。が、社が主力として売りたいのはAI方面だ。観測データをAIで分析し、農業やら災害支援やらに役立てようというものだ。

国から補助金も出ていて、採算は取れている。

が、競合他社が増え、下方修正を迫られた。とりわけ、最近他社が作った新型の合成開口レーダー衛星が性能面ですぐれていて、顧客の流出が予測されるという。そこで短期的に可能な対策として、AIのほうをより高度化、多様化してユースケースを増やすこととなった。

早い話、広告効果もはっきりしない子供の衛星にはかまっていられないということだ。

CEO室を出ると、エレベーターの前で針生が疲れた顔をして待っていた。

「すまんな」と針生が開口一番に言った。「俺もこれは把握できてなかった」

「針生さんのせいじゃないでしょう」

「で、どうする。衛星はもうできてる。いっそ、俺たちで打ちあげるか?」

乾いた笑いが出た。

いまや民間の宇宙開発企業も増え、打ちあげられる衛星の数も段違いに多くなった。

が、それで打ちあげ費用が安くなったのかといえば、逆なのだ。かつて三百万円程度で打ちあげられた1Uサイズのキューブサットに、いまは約一千万円くらいかかる。

今日はもう定時であがって飲みに行かないかと針生が言った。やけ酒というやつだ。これにはわたしも頷き、実際には定時の三十分後くらいに会社の一階で合流し、案外においしいと田中が言っていた居酒屋に入った。が、酒が来ても二人ともしばし無言だった。針生は「お疲れ」とだけ言って、乾杯もせずにサワーを飲みはじめた。

針生がまた無言になったので、「こんなのはどうですか」と提案してみた。

「あの衛星は民生品を積む予定だった。だから、その民生品のメーカーに出資してもらう。プロジェクトが成功したら、使っている部品とともにそのことを公開する。失敗したら公開しない。そういう約束で、メーカーからすれば賭けかもしれませんが、それで出資をつのる」

「無理だな。今回使う民生品は、すでに宇宙で実績のあるやつだ。といって部品を変えたら、全部がやりなおしになる。会社がもうやらないと決めた以上、俺たちは土日にでもやるしかない」

「クラウドファンディング……は会社が許さないでしょうね」

「ああ。うちがやってしまうと、運転資金がないかのような印象を世間に与えることにもなるからな」

ため息が漏れる。

とにかく陽太に伝えなければならないので、どうするか二人で考えた。結局、ありのままを全部伝えることにした。聡い子なので、それで理解してくれることだろう。が、それにしても気が重い。二人で文面を考えて、それをグループメッセージに流した。

返事はすぐに来た。

「難しいことはわかってたから大丈夫。ここまでつきあってくれて本当にありがとう」

針生と顔を見あわせた。

誰よりも残念がっているのは、陽太に違いないのだ。メッセージで済ませる気になれず、その場で直接通話して陽太に詫びた。「大丈夫だから」と陽太は何度も言った。が、通話を切る少し前、洟をすする音が聞こえてしまった。

プロジェクトがまったく無意味だったわけではない。

新たに学んだことは多かった。それはわたしにとっても陽太にとってもそうだった。針生という新たな友人もできた。キューブサットも、少なくとも完成まではした。

でもやはり、衛星は打ちあげられてこそだ。

ほとんど話もしないまま深い時間まで飲み、珍しく悪酔いした針生を車に押しこんだ。とにもかくにも、終わったのだ。切り替えるしかない。そう思った。少なくとも、そのときは。

敦志先輩へ

どうしてますか。あいかわらず、つまらない仕事ですか。

残念ながら、実際そうみたいだね。メールは読んだ。というわけで、今日は手短に。うちの会長（兼CEO兼CTO）が陽太くんのキューブサットに興味を持った。というよりも、陽太くん本人に。それで、うちのロケットで打ちあげてもいいって言ってる。

だからいますぐ、あなたたちのキューブサットをNASAの安全審査にかけて。

でも、もちろん条件がある。

以下、注意してよく読んでね。

会長は陽太くんをアメリカに迎えたがってる。いわく、学費や生活費はすべて会長が持つ。それで、二十歳くらいで博士課程を出てうちで働いてほしいって。

といっても、イメージが湧かないと思うから少し補足するね。

わたしの経験から言わせてもらうと、この条件はかなりいい。キューブサットを何発も打ちあげられるくらいの資金を出してもらえる上、理想的な教育を受けられるから。

ただ、求められる能力もかなり厳しい。そもそも、二十歳で博士を出ろってのが無理。こっちで教育を受けたり働いたりするのが、かなりハードだってのも正直なところかな。

そしてたぶん想像の通り、会長は能力が足りないと思ったらあっさり人を切る。

でも、この条件が人生を変えうる代物であることも確か。どちらがいいとは簡単には言えない。親御さんにもよく説明して、本人にもよく考えてもらって、そして決断して。

旗谷彩矢

ぬるい風がオープンテラスを吹き抜けていった。

テキサス州、そのメキシコ国境近くにある海沿いのカフェだ。隣の席には陽太が、そして向かいには彩矢が座っている。

彩矢の背後、遠くのほうに彼女の会社のロケット発射場が見える。

もっと近くで見ることもできるそうだが、彩矢が言うには、打ちあげを見物するにはこの店がちょうどいいとのことだった。

——陽太の留学の件は、彼の家で両親を交えて話すことになった。

行きたいと即断する陽太を抑え、アメリカ留学の難しさやリスクを説明した。その説明の最中、幾度も陽太は行きたいと話に割りこんできた。弱い声で、母親が訊いてきた。

「それはつまり、陽太がアメリカに行って戻って来ないってこと？」

そう。家族からすればそういうことになる。これには沈黙を返すしかなかった。が、父親の意見は逆だったようで、しばらくしたところで、「俺なら行くが……」と彼が小声で漏らした。母の批難するような視線を受けながら、彼はつづけた。

「ともあれ、こうなると陽太だけじゃなく家族の問題です。じっくり三人で話しあわせてもらえますか」

以降しばらく、一家から連絡はなかった。

五日後、わたしは陽太の父から電話を受けた。結論は、陽太を送り出すというもの。心なしか、そう伝える父の声が明るく感じられた。母は気持ちの上では納得できなかったそうだが、自分のせいで息子の道を閉ざすことになれば、そのほうがもっと嫌だと結論したという。

それから待つこと半年ほど。

やっと、陽太のキューブサットが打ちあげられる日が来た。

残念ながら、この場に針生はいない。というのも、特に仕事をしていないと思われていた専務が、突如として新しい衛星の機構を思いつき、ハード班はいまその対応に追われているようなのだ。

「その席でいいの？」

彩矢に訊いた。彼女だけ、発射場に背を向ける形になっているからだ。

何やらテーブルの下でスマートフォンを操作していた彩矢が、眉を持ちあげた。

「うん、大丈夫だよ。わたしはさんざん見てきたから」

そう言って、一瞬、意味ありげにわたしのスマートフォンに目を向ける。もしかしてと思い、メールチェックをしてみた。案の定だった。

敦志先輩へ

どうしてますか。あいかわらず、つまらない仕事ですか。

いま、テーブルの下で送ってよこしたのだ。けっこう長いから、あらかじめ書いておいたものをコピー・アンド・ペーストしたのだろう。

って、こんな煽りもそろそろ終わらせたいね。わかってる。先輩がブルシット・ジョブを我慢しながら、そのことを隠してきたのは。だから煽ってきた。それで、なにくそって思ってくれれば儲けものだからね。

でも本当は、虚勢をはっていたのはこのわたし。

日本人がアメリカで生きていくのはつらいし、ワークライフバランスはもうめちゃくちゃ。シーソーにたとえるなら、ライフのほうに生後一ヵ月の子猫が乗っていて、ワークのほうには象が一頭乗ってる感じ。

やりがいはある。あるんだけど、身体のほうがもうついていけない。

抗鬱剤は欠かせないし、会長（兼CEO兼CTO）にもすっかり嫌気がさした。

何より、自分に自信が持てなくなっちゃった。そうしたら、びっくり。先輩は陽太くんと出会って、衛星作りをはじめて、なんだか楽しそうにしてるんだもん。でも、その話を聞くのは面白かった。気がついたら、わたしたちの立場は逆転してたってこと。

それで決意した。辞める。辞めて日本に帰る。


驚いて、目の前の彩矢に目を向けた。彩矢はこちらから目をそらし、横を向いていた。

帰国すると言っても、どうせ〇・一二ピクセルの小さな点、ペイル・ブルー・ドットのなかでの出来事だからね。そんなたいした問題じゃないよ。

それよりも、いまは日本で起業してみたい。やりたいのはやっぱりロケットかな。

目標は、日本ではじめての有人宇宙飛行を達成すること。これまで日本がそれをやろうとしなかったのは、もし事故があったとき責任問題になるからだよね。

でも、わたしはクレイジーにやりたい。

きっと、その先にしかつかめないものがある。

なので先輩は社長をやってくれないかな。わたしはそういう面倒はごめんだからね。あと、針生って人にも声をかけておいてね。その人はたぶん必要になると思う。

というわけで、ひとつよろしく。

旗谷彩矢

彩矢はあいかわらず横を向いたままだ。

何か言わなければと口を開きかけたところで、彼女が背後の発射場を指さした。

「そろそろだよ。陽太くん、見逃さないようにね」

ロケットの打ちあげだ。

それが成功し、キューブサットが軌道上に放たれれば、陽太がタブレットPCを地上局につなげて、衛星との通信を試みる手筈になっている。

その陽太はというと、一直線にロケットに目を向けたまま、身体をこわばらせていた。

「大丈夫だよ」

わたしは口元をゆるめ、陽太の背に軽く触れた。

「きっとうまくいくから」

主要参考文献

『日本の宇宙開発最前線』松浦晋也、扶桑社（2024）／『宇宙開発の思想史――ロシア宇宙主義からイーロン・マスクまで』フレッド・シャーメン著、ないとうふみこ訳、作品社（2024）／『日本一わかりやすい宇宙ビジネス――ネクストフロンティアを切り拓く人びと』中村尚樹、プレジデント社（2024）／『宇宙の地政学』倉澤治雄、筑摩書房（2024）／「宇宙で動くソフトウェアのつくりかた―宇宙環境での信頼性の確保―」（『情報処理 Vol.56 No.8』内記事）吉田実（2015）／「SpaceX のソフトウェア開発方法」Niroshan Rajadurai（https://www.vector.com/jp/ja/company/vector-journal/vjo-coderskitchen-202207）／「アメリカは宇宙開発も多国籍――どうすれば日本に人材を集められるか?-」小野雅裕、東洋経済 ONLINE（https://toyokeizai.net/articles/-/14078）／『人工衛星をつくる―設計から打ち上げまで―』宮崎康行、オーム社（2011）／『#趣味で作る人工衛星』リーマンサット・プロジェクト、オーム社（2023）

あとがき

これまでノンシリーズの短編集にはあとがきをつけてきたので、それにかこつけてというか、今回もそれにならい、あとがきを附すことにした。ぼくは人のあとがきを読むのが大好きで、隙あらば自分でも書こうとするからだ。いま試みに書架にある本のあとがきをいくつか読んでみたけれど、やはりというか、そのときにしか書かれえない空気感のようなものがあって楽しい。小説本体はできるだけ普遍を目指すものだから、余計にそう感じるのかもしれない。

というわけで——。

本書はぼくの三冊目のノンシリーズ短編集で、テクノロジーにまつわる話を集めたものとなる。こういう本を作りたいと考え、これまであちこちで書きためてきたものだ。小説作品としては、十八作目にあたる。各短編の初出が文芸誌からウェブ媒体、SF専門誌から技術誌と、さまざまな領域を横断しているのも特徴かもしれない。以下、それぞれの収録作について。

＊

◇暗号の子

書いたのはわりと最近で、二〇二四年の四月から五月にかけて。これまで書きためてきたテクノロジー関係の短編を総括するような作をと考え、取り扱ってきた諸要素をちりばめることにした。それだけでなく、無自覚に反復している要素や題材も多々ある。それは今回一冊にまとめるにあたって気がついた。わりと適当なものである。

初出は『文學界』の二〇二四年十月号。

「新たな共同体の試みとその蹉跌」みたいな展開が好物なので、そういう話を書いた。完全自由主義が出てくるけれど、これはテクノロジーと完全自由主義が結託して、人間性を剝ぎ取りにかかってきているような、そういう感覚をこのごろ特に強く感じるから。が、単に敵視するのも安易に思えたので、視点人物をテクノロジーや完全自由主義の側に置いた。

作中に登場する街灯と木々の比喩は、チェスタトンの『木曜の男』から引いている（だから参考文献に『木曜の男』がある）。どうせチェスタトンから引くなら小説ではなく評論、『異端者の群れ』や『正統とは何か』あたりに同じような喩えがあったはずだから、そちらを引くほうがかっこいいと思ったのだけれど、該当箇所を見つけられず、面倒になってあきらめた。

◇偽の過去、偽の未来

初出は『Kaguya Planet』というSFレーベルのウェブ媒体で、発表は二〇二一年の九月。

ちょうどこのころ、テクノロジーを扱った短編集を将来出したいと考え、プロトタイプ的に今後扱いたい諸要素をいろいろとちりばめてみることにした。だからその意味では、「暗号の子」と対をなす掌編ということになる。

この当時、「二〇五〇年を予測して書いてほしい」といった依頼が多くあったことが、作中に影を落としている。『指輪物語』や「ダンジョンズ&ドラゴンズ」はその反対、ノスタルジーを象徴するものとして登場させた。現代のテクノロジーに大きな影響を与えた一人、ピーター・ティール氏もそれらが好きだったということはあとで知った。こういうふうに、無意識のうちにピースが嵌まるような瞬間があるとテンションが上がる。

◇ローパス・フィルター

この作だけ少し古く、初出は『新潮』の二〇一九年一月号となる。本作を「テクノロジーもの」の起点にしようと考え、ここまで温存してきた。

ローパス・フィルターはさまざまな分野で用いられるが、ここでは楽器のエフェクターを意識している。つまり、二〇一七年に書いた「ディレイ・エフェクト」のシリーズということだ。いまのところこの二作以外にないけれど、思いついたらまたやるかもしれない。

作中で描かれるSNSのはらむ悪については、いまとなっては定番の感がある。が、当時のぼくにとっては切実だった。それは、ぼくがインターネットに悪が潜むことを認めつつも、長いこと素朴にエンジョイしてもいたからだ。SNS——というかそれがもたらす社会の分断は、まだ現代のように大前提ではなく、このころはいわば黒船めいた脅威として感じられた。だからか、作中ではかなり過激な部類のSF的発想が現れたりもする。

本作を起点と位置づけるにあたって、技術の進歩は予定外だった。このころはディープラーニングといった用語がまだ新しく、ChatGPTとかは当然なかった。何より皮肉なのは、作中で描かれるSNSの悪が、しかしながら、いまのそれよりも穏当に感じられることだ。

なおここに登場する針生という名前は過去作にも出てきて（暇な人は探してみてください）、スーパーエンジニア的な人を出すとき、その役を担ってもらっている。人物設定は毎回異なる。つまり、ぼくとしては珍しいスターシステムであったりする。

◇明晰夢

書いたのは二〇二二年の十二月。このころぼくは鬱の底にて、というのも集中力や記憶力が急激に下がり、以前のように書けなくなっていたのだった。どうやって書いていたのか、それすら思い出せずに困っていた。スランプ克服法みたいな本を何冊か買ったけれど、すべてスポーツに関するもので、ぼくのような虚弱な文化系人間にあてはまる内容ではなかった。

廃業を覚悟し、他業種の求人を見たりもした。この短編を書き終えたあと、十二月二十三日には念のため脳ドックに行っている。本作はそういう状況下に書かれたもので、だからある意味では、興味深いサンプルだとも言える。

初出は『群像』の二〇二三年四月号。

鬱状態で書いたものだから、できたときは当然、失敗作を書いてしまったと思った。が、その後に読み返したら意外と面白く、年刊のアンソロジーである『文学2024』にも収録いただけた。実際、書いた側の自己診断というのはあてにならなくて、自信作のつもりが、あとで読み返したら凡作だったことも多い。なんにせよ、無理やりにでも書いてみるものである。

ウェインやクインといった名前、それから終盤のよくわからない会話の一部は、チェスタトンの『新ナポレオン奇譚』から引いている。これは昔インド旅行中に夢中になって読んだもので、たぶん、書きあぐねたからこそ原点に立ち返ろうとしたのだと思う。というわけなので、「またチェスタトンかよ!」という点には目をつむってもらいたい。

この短編が厄払いになったのか、その後『ラウリ・クースクを探して』という長編ができた。最高作だと言ってくれる人もいたし、丸くなって何かを失ったと指摘する人もいた。結局なんだったのかというと、たぶん、人が年齢を重ねるという、そういう現象が起きたのだと思う。

◇すべての記憶を燃やせ

早川書房『S-Fマガジン』の企画で、小説家がAIを使って掌編を執筆するというものがあり、興味を示したところご指名いただけた。掲載は二〇二三年の六月号。執筆には「AIのべりすと」を使っていて、ぼくが実際に書いたのは全体のうち五行くらい。それ以外は、すべてAIが書いた。ざっと計算したところ、九十八・七パーセントくらいはAIが書いたことになる(ただ、設定やキャラクターなどはこちらがあらかじめ指定した)。

先にこの企画に挑戦した小川哲さんが時間がかかったと言っていたので、面倒を避け、三時間くらいで完成させられるプランを立て、三時間くらいで完成させた。大枠としては、川又千秋さんの『幻詩狩り』のように、読んだ人間をおかしくさせる詩があるという設定にする。こうしておけば、多少おかしな文章になってもそれっぽく見えるだろうということだ。

「AIのべりすと」には詩人の機能があったのでそれも使った。ロートレアモンを学習させたかったが、日本語訳が著作権切れになっていなかったので、原文を機械翻訳で日本語にしてそれをそのまま放りこんで学習させた。地の文については、ぼくのデビュー作である『盤上の夜』を学習させてみた（だから共通する固有名詞が出たりする）。

ぼくは反AI派とまでは言わないまでも、AIには人間の尊厳を奪い取る側面があると考えているので、絶対に負けずにうまく使いこなしてやると妙な意地をはっていた。が、こちらの予想を超えてきた一文もある。ぼくが「柳田碧二の死因は墜死である」と手で書いたあとに、それにつづく文章としてAIが提示した、「彼は自らの命を賭して巨大な隕石を打ち落としたのだ」がそれだ。

◇最後の共有地

二〇二一年ごろ、ひいきの美容師さんが暗号通貨やNFTに嵌まっていた。それでぼくも興味が高まり、実際に取引をしたり、ブロックチェーンをはじめとした一連の技術を調べたり、暗号通貨を採掘するプログラムを組んでみたりした。

そこに『WIRED』誌から短編の依頼をいただいた。テーマは、「宇宙×コモンズ（共有地／知）×合意形成」というもので、企画書を読むと、合意形成を「TRUST」という切り口から追う、といったようなことが書かれていた。

ちょうど、暗号通貨を用いて複雑な合意形成を実現できないかといったことを考えていた。また、作中で「トラスト」という用語について皮肉を述べているが、これはお題を受けてそう書いたのではなく、前年の末にふと思いついてSNSに記したものであったりする。要は、いい具合に双方の関心が一致していた。それで、ひょいとこの短編もできた。

意図せずひょいといい具合のものができることがあって、この短編はそれにあたる。少なくとも、自分らしい作だとは感じている。初出は、同誌の二〇二一年九月発売号(VOL.42)。「偽の過去、偽の未来」と同時期に書かれたので、同じアイデアが姿を変えて登場する。これについてはもっと反復する予定だったのだけれど、さすがにワンパターンかなと思ってやめた。

◇行かなかった旅の記録

新型コロナウイルスがまだ猛威を振るっていた二〇二一年の夏、紀行文の依頼をいただいた。ステイホームのなか、せめて文章のなかだけでも旅に出たいということだ。架空の旅でもよいという。依頼のあった五日前、八月二十日に伯父の葬儀があった。それで、「ネパールに行ったことにした」というていで、ネパールを旅しながら伯父を思う紀行文を書くことにした。

ブロックごとに日付がついているのは、一つには、コロナ禍があったから実際には行けなかったということを明らかにするため。もう一つには、現実に伯父がこの時期に亡くなったことを忘れず記録したい気持ちがあった。

初出は『文學界』の二〇二一年十二月号。

その後、年刊アンソロジーの『文学2022』にも収録いただけた。

思いのほか筆が滑らかに運び、普段書かないような本音とか、言わないほうが賢明かなと思って伏せていたこととかが、わりと自然な調子で現れたりもした。これまで、ぼくは自然に本音を書くということがあまりできず、むしろ逆説とか皮肉とか韜晦とかが多かった。でも本当はこういう文章を書きたくて、だからその意味では理想に近いものとなった。何かをつかんだかもしれないと期待したが、いまのところ、この方向性の再現はできていない。

テクノロジー短編ではないかもしれないが、これをここに置くとなんとなく収まりがいい気がする。それで、根底には共通する部分があると考え、このたび収録することにした。

◇ペイル・ブルー・ドット

二〇二二年の三月、『トランジスタ技術』誌の編集部より呼び出しがあった。恐れていたことが起きたと思った。というのもぼくはかつて、「トランジスタ技術の圧縮」という同誌を扱った短編(『超動く家にて』所収)を許可もなく発表していたからだ。が、編集部は寛容で、実際に求められたのは七百号記念の続編であった。その後、二〇二四年に「世にも奇妙な物語」で「トランジスタ技術の圧縮」が映像化された。それを記念して『トランジスタ技術』誌のかたがたと食事をした際、今度は宇宙をやりたいと、宇宙ものの執筆を依頼いただいた。

掲載は同誌の二〇二四年十二月号。

ぼくは基本的に媒体を意識して書いていて、「行かなかった旅の記録」は文芸誌であってこそだし、「最後の共有地」は『WIRED』がなければ生まれなかったと思う。器が生み出す偶然性を大事にしていると言ってもいいだろう。というわけで、『トランジスタ技術』にしか掲載されえない、そういう本来ならありえないような小説を目指してみることにした。

そうするとマニアしか理解できない代物になりそうなものだが（実際、なんの説明もなくマイコンボードの名前とかが出てきたりする）、どういうわけか、本書のなかでもおそらく一番読みやすい、しかも爽やかさを残す話となった。

＊

かつて大森望さんがSF作家を「クラーク派」と「バラード派」に分類したことがある。前者はアーサー・C・クラークの諸作品に代表されるような、科学と人類の可能性を信じる人たち。後者はそれをせず、J・G・バラードのような終末を描く人たちだ。それで言うと、ぼくは断然バラード派だった。それは科学を信じていなかったからというより、単純に、科学技術のもたらす退廃的な暗い世界観を美しいと感じていたからだった。当の本人は、子供のころからプログラミングで遊んでいたり、むしろ楽しい側面を享受していた。

この感覚が変わったのが二〇一六年。アルファ碁対李世乭《イセドル》戦で、AIが囲碁のトッププロを破ったときだ。こうした棋戦は人と車が速さを競うようなものだから特に意味はないと言う人もいるが、ぼくにとっては違った。碁が好きで碁の物語でデビューした身としては、アルファ碁には大切な何かを奪われたと感じたし、そう思う自分の感情を誰かに明け渡すつもりもなかった。かくして、いまさらのようにテクノロジーそのものが新たなテーマとなった。退廃的な暗い世界観は、美である以上に、脅威となった。

では、ますますバラード派になったのかと言えば、そうではない。

麻雀漫画の『打姫《うたひめ》オバカミーコ』に、こういう台詞がある。

「右へ行き過ぎれば無謀の谷へ落ち／左へ行き過ぎれば臆病の谷へ落ちる」

麻雀というゲームを尾根道に喩え、勇気を出しすぎると無謀の谷に転落し、慎重になりすぎると臆病の谷に転落するというのだ。「左右ギリギリまで使って歩く奴が強く／だが一歩でも過ぎるとたちまち落ちる」とも語られる。これは麻雀の話だけれど、科学技術に対する姿勢にも置き換えられると思う。楽観の谷に落ちても、悲観の谷に落ちてもおそらくは何かが見落とされる。だから両側の谷を見据えつつ、左右ギリギリまで使って歩いてみたい。

最後になってしまいましたが、作品の収録を快諾いただいた各社の編集部に感謝の意を表します。そして、いまこれを手に取ってくださっているあなたにも。

二〇二四年十月　宮内悠介

◇著作リスト
『盤上の夜』（創元SF文庫、東京創元社）
『ヨハネスブルグの天使たち』（ハヤカワ文庫JA、早川書房）

『エクソダス症候群』（創元SF文庫、東京創元社）
『アメリカ最後の実験』（新潮文庫、新潮社）
『彼女がエスパーだったころ』（講談社文庫、講談社）
『スペース金融道』（河出文庫、河出書房新社）
『月と太陽の盤——碁盤師・吉井利仙の事件簿』（光文社文庫、光文社）
『カブールの園』（文春文庫、文藝春秋）
『あとは野となれ大和撫子』（角川文庫、KADOKAWA）
『ディレイ・エフェクト』（文藝春秋）
『超動く家にて』（創元SF文庫、東京創元社）
『偶然の聖地』（講談社文庫、講談社）
『遠い他国でひょんと死ぬるや』（祥伝社文庫、祥伝社）
『黄色い夜』（集英社文庫、集英社）
『かくして彼女は宴で語る——明治耽美派推理帖』（幻冬舎文庫、幻冬舎）
『ラウリ・クースクを探して』（朝日新聞出版）
『国歌を作った男』（講談社）

宮内悠介（みやうち・ゆうすけ）

一九七九年、東京都生まれ。少年時代はニューヨークで過ごす。早稲田大学高等学院、早稲田大学卒。二〇一〇年、「盤上の夜」で創元SF短編賞選考委員特別賞（山田正紀賞）を受賞。二〇一二年のデビュー作『盤上の夜』が直木賞候補となり、注目される。二〇一三年、『ヨハネスブルグの天使たち』で日本SF大賞特別賞を受賞。二〇一七年、『彼女がエスパーだったころ』で吉川英治文学新人賞を受賞。同年、『カブールの園』（芥川賞候補作）で三島由紀夫賞を受賞。二〇一八年、『あとは野となれ大和撫子』で星雲賞（日本長編部門）を受賞。二〇二〇年、『遠い他国でひょんと死ぬるや』で芸術選奨文部科学大臣新人賞を受賞。二〇二四年、「ディオニソス計画」で日本推理作家協会賞（短編部門）を受賞。同年、『ラウリ・クースクを探して』で高校生直木賞を受賞。

暗《あん》号《ごう》の子《こ》

二〇二四年十二月一〇日　第一刷発行

著　者　宮《みや》内《うち》悠《ゆう》介《すけ》
発行者　花田朋子
発行所　株式会社　文藝春秋
〒一〇二‐八〇〇八
東京都千代田区紀尾井町三番二十三号
電話　〇三‐三二六五‐一二一一
印刷所　精興社
製本所　大口製本
ＤＴＰ　ローヤル企画

ISBN978-4-16-391926-3